SINA BLACKWOOD

Amy

-

gefangen zwischen Raum und Zeit

Bibliografische Informationen der Deutschen Nationalbibliothek:
Die Deutsche Nationalbibliothek verzeichnet diese Publikation in der Deutschen Nationalbibliografie; detaillierte bibliografische Daten sind im Internet über http://dnb.de abrufbar.

Coverbild: Wormhole or blackhole, funnel-shaped tunnel that can connect one universe with anotherm © Peter Jurik AdobeStock 118498208

Layout: Sina Blackwood

www.reni-dammrich-geschichtenzauber.de

Herstellung und Verlag:
BoD – Books on Demand, Norderstedt

ISBN: 9783744838863

Inhaltsverzeichnis

Allerlei Ungeplantes...........................7

Anomalien...........................23

Die Eidechse...........................35

Saurierjagd...........................44

Mo(me)ntane Probleme...........................56

Psychokrieg...........................68

Goldgräberlatein...........................80

Noch ein „Alien"...........................89

Solo für Riley...........................104

Sklaventreiber...........................119

Eine starke Frau...........................130

Rileys Flucht...........................144

Ein letzter Dienst...........................157

Glückliche Heimkehr...........................167

Endlich Ruhe und Frieden...........................178

Allerlei Ungeplantes

Schon seit Tagen herrschte auf dem Anwesen Professor Doktor John Helmbrechts erhöhte Alarmbereitschaft. Wie zuletzt vor über 20 Jahren.

Damals hatte sich in seinem Vorgarten unvermutet ein Zeitportal geöffnet, welches ein Blockhaus mitsamt den beiden Bewohnern genau in der Mitte des akkurat gekürzten englischen Rasens erscheinen ließ.

Schnell stellte sich heraus, dass es sich bei dem Mann um den verschollenen Botaniker Andreas Winkler aus Deutschland handelte. Seine Gefährtin Kara hingegen stammte aus einer rund 15000 Jahre entfernten Vergangenheit, in die es Andreas Winkler bei Katalogisierungsarbeiten auf seltsame Weise verschlagen hatte.

Der bekannte Anthropologe Prof. Dr. John Helmbrecht hatte die beiden kurzerhand bei sich behalten und Kara die Identität seiner verstorbenen Enkelin verschafft.

Kaum war Kara im Besitz rechtsgültiger Papiere, nutzte Andreas die Gunst der Stunde, heiratete sie und beide Paare lebten seitdem mit ihren Kindern fast unbehelligt auf dem großen Landsitz.

In den letzten Monaten traten immer wieder Zeit- und Raumanomalien auf, welche die beiden Wissenschaftler mit Sorge zur Kenntnis nahmen. Auch in der direkten Umgebung von Stonehenge, das nur wenige Kilometer entfernt lag, beobachteten Ufo-Freaks seltsame Lichterscheinungen.

Die Kinder hatten von klein auf strikte Order, die direkte Umgebung des Blockhauses zu meiden. Woran sie sich auch stets gehalten hatten. Kara machte seit jeher einen Riesenbogen um dieses Areal, weil sie keinesfalls wieder in ihre alte Zeit zurückwollte.

Das neue Leben in der modernen Welt war manchmal schwierig, aber immer noch leichter und sicherer, als sich jeden Tag neu erkämpfen zu müssen, indem man genügend Nahrung sammelte.

Thomas Winkler und Amy Helmbrecht, nur wenige Monate nacheinander geboren, wuchsen fast wie Geschwister auf. Wo die eine steckte, war der andere garantiert nicht fern. Sie vertrauten sich blind und die zierliche Amy konnte sich felsenfest auf Thomas' starken Arm verlassen.

Die Väter hatten sich stets abgewechselt, die beiden in die Schule zu bringen und nach dem Unterricht wieder abzuholen. Der Weg war weit und man befürchtete, sie könnten entführt werden, wie es einst mit Kara geschehen war.

Seitdem war das Landgut abgesichert worden, wie eine Festung, zumal sich hier auch hochbrisantes Forschungsmaterial in den Laboratorien im Kellergeschoss befand.

Als Knirps von sieben Jahren hatte Thomas Kung-Fu für sich entdeckt, was allgemein freudig begrüßt wurde. Andreas nahm es seitdem auf sich, ihn zwei Mal pro Woche zum Kampfsportunterricht zu begleiten.

Mit 16 Jahren waren die Kinder in die Geheimnisse um Kara eingeweiht worden. Thomas war sofort im Bilde, warum man seinem Schutz ebenfalls erhöhte Aufmerksamkeit widmete. Schließlich trug er einen interessanten Genpool in sich.

Es wunderte sich also auch keiner, wie rasch sich beide Kinder den Naturwissenschaften zuwandten. Immer öfter halfen sie im Labor und es bestand nie ein

Zweifel daran, dass sie die Forschungen ihrer Väter fortführen wollten.

Von Bruno Camarque, dem Entführer Karas und ehemaligem Assistenten Johns, hatte man erst an jenem Tag wieder gehört, als er aus dem Gefängnis entlassen worden war. Danach aber nie wieder.

Das Schicksal seines Mittäters blieb weiterhin im Dunkeln. Der war seit der Flucht nach Spanien verschollen. Camarque hatte damals erklärt, sie seien in verschiedene Richtungen geflohen, als der Camaro mit Motorschaden liegen geblieben war.

Die plötzlichen seltsamen Phänomene um Stonehenge und im eigenen Garten ließen die Erinnerungen bei allen wieder hochkochen.

Ganz Helmbrecht-Cottage wurde in erhöhte Alarmbereitschaft versetzt. Andreas installierte zusätzliche Kameras zur Außenüberwachung, John verschärfte die allgemeinen Sicherheitsvorschriften.

Kara ging so weit, nur noch in voller Bewaffnung, sprich mit Machete, Pfeil und Bogen, im Garten zu arbeiten. Wobei sie zusätzlich noch einen beidseitig geschliffenen Dolch in einer Lederscheide am Gürtel trug.

Emilia, Johns Ehefrau, war dafür äußerst dankbar. Sie hätte weder kämpfen noch sich anderweitig verteidigen können. Karas Mut und Können gaben ihr ein Gefühl von Sicherheit.

Die Wissenschaftler trugen kleine Elektroschocker in der Hosentasche. Thomas verließ sich auf seine Kampfkünste und Amy sich auf ihn.

Bisher hatte es auch keine größeren Zwischenfälle gegeben. So patrouillierten die jungen Leute hin und wieder recht entspannt um das ganze Grundstück, um ungebetene Gäste der pflanzlichen Art aufzuspüren.

Die Aliens, wie man seit vielen Jahren eingewanderte fremdländische Tier- und Pflanzenarten nannte, konnten durchaus die Forschungsarbeiten in den Gewächshäusern gefährden. Das Saatgut, welches Andreas und Kara aus der Steinzeit mitgebracht hatten, musste unter allen Umständen sortenrein bleiben.

Heute war wieder einer jener Tage, an dem Thomas und Amy auf Erkundung gewesen waren. Sie hatten die weiße Villa schon vor Augen und freuten sich auf das gemeinsame Abendbrot beider Familien.

Amy erschrak fürchterlich, als ein Rabe genau neben ihr böse krächzte, weil sie ihn bei seinem Festmahl überrascht hatte. Der tote Dachs, an welchem er herumhackte, war für den Vogel zu groß, um ihn wegtragen zu können, also fraß er sich an Ort und Stelle den Bauch voll.

Thomas war weit davon entfernt, seine Freundin deswegen auszulachen. Er zog sie an der Hand aus dem unmittelbaren Gefahrenbereich. „Sie mögen es nicht, beim Fressen gestört zu werden.“

Amy nickte. Sie hatte einfach nur nach der Ursache des penetranten Gestanks am Teich suchen wollen und keinesfalls mit diesem Anblick gerechnet.

„Woran mag er gestorben sein?“, fragte sie schließlich.

„Das ist die eine Frage“, entgegnete Thomas. „Die andere wäre: Wie kommt er überhaupt hierher? Hier hat es noch nie Dachse gegeben. Wir sollten meinen Vater bitten, eine Analyse zu machen.“

„Falls dann noch was übrig ist.“ Amy zeigte in den Himmel, wo mindestens drei weitere Raben kreisten.

Thomas seufzte. „Dann werde ich mich wohl oder übel, mit dem schwarzen Kerl anlegen müssen, ehe die anderen landen. Bleib hier, im Schutz der Bäume, stehen." Thomas zog ein Paar Gummihandschuhe aus der Hosentasche.

Sekunden später tobte das Chaos. Der Rabe, nicht willens, sich seine Beute wegnehmen zu lassen, ging zum Angriff über. Thomas versuchte mühsam, seine Augen vor den gezielten Schnabelhieben zu schützen. Amy riss einen dünnen Ast vom erstbesten Baum und eilte Thomas zu Hilfe. Ihr gelang es tatsächlich, den Raben zu vertreiben.

„Das war knapp", gab Thomas zu. „Heißen Dank, für deine Hilfe."

Er packte den stinkenden Kadaver und trug ihn an den Rand der Wiese. Amy rief inzwischen im Labor an, um Thomas' Vater Bescheid zu geben. Der nahte ein paar Minuten später mit einem großen Plastikbehälter, in welchem der Dachs untergebracht wurde.

Als der Deckel drauf war, atmete Amy tief durch. „Puh, mir ist schon schlecht von dem Geruch."

„Glaube ich dir gerne", schmunzelte Doktor Winkler. „Habt ihr sonst noch ungewöhnliche Dinge hier beobachtet?"

Beide schüttelten die Köpfe.

„Nur den Raben", murmelte Amy. „Und der war wirklich unheimlich."

Winkler schaute sich um. „Seid bitte so lieb, beobachtet die gesamte Umgebung des Blockhauses, ohne sie zu betreten."

„Versprechen wir", sagte Thomas sofort und sein Vater wusste, dass er sich darauf verlassen konnte.

„Er meint, dass sich das Portal geöffnet haben könne?“, mutmaßte Amy.

Thomas nickte stumm.

Abends saßen beide Familien auf der Terrasse und grillten. John, inzwischen 87 Jahre alt, wurde von den drei Frauen besonders verwöhnt, obwohl er recht fit war und man ihn noch immer locker 20 Jahre jünger schätzen konnte.

Amy hing sehr an ihm, denn er hatte ihr stets jeden noch so skurrilen Wunsch erfüllt. Dabei war sie weit davon entfernt, eine verwöhnte Göre zu sein.

Sie studierte emsig, um einmal in seine Fußstapfen treten zu können, während sich Thomas zur Zoologie hingezogen fühlte, nebenbei aber eifrig botanisch tätig war wie sein Vater.

Die Mütter wunderten sich nicht, wenn die Kinder stundenlang mit im Labor hockten und grandiose Dinge erforschten. Die Väter integrierten die beiden schon jetzt fest in ihre Forschungsprogramme.

Auf irgendeine Weise waren Thomas und Amy auch unzertrennlich, ohne stets auf einem gemeinsamen Fleck zu hocken. So auch jetzt. Amy verließ kurz den Grillplatz, um zur Toilette zu gehen, Thomas holte Getränkenachschub aus dem Keller. In der großen Halle der Villa trafen sie aufeinander. Thomas setzte den Kasten ab.

Amy strich mit dem Zeigefinger über Thomas’ Arm. „Ich hatte heute wahnsinnige Angst um dich.“

„Es war in der Tat haarscharf“, gab er zu. „Ohne dich hätte ich echt alt ausgesehen.“

„Bin gespannt, wie du mich wieder besänftigen willst“, seufzte Amy.

„Ich habe eine Idee, die ich sofort in die Tat umsetzen werde, selbst wenn du mir dafür eine runterhaust." Er umfasste mit beiden Händen ihren knackigen Hintern, zog sie einfach an seine Brust und küsste sie.

Der erschreckten, aber halbherzigen Abwehrbewegung folgten ein hingebungsvolles Ankuscheln und die Erwiderung der heißen Offerte.

Sie merkten es nicht einmal, dass Thomas' Vater hereinkam, erstaunt stehen blieb und beinahe auf Zehenspitzen wieder davonschlich. Die anderen schauten ihn fragend an, als er ohne die jungen Leute und ohne Getränke zurückkam.

„Pssst", machte er. „Sie sind so miteinander beschäftigt, dass ich fluchtartig das Weite gesucht habe."

„Wie?", fragte Emilia verblüfft. „Bisher wären sie mit ihrem ganzen Verhalten glatt als Geschwister durchgegangen."

„Bis der Blitz wohl gerade eben aus heiterem Himmel zugeschlagen hat", schmunzelte Kara.

John hob die Schultern. „Ich hab nichts dagegen. Ich werde es Amy auch nicht ausreden, wenn sie auf noch engere Tuchfühlung gehen möchte. Ich bin glücklich, wenn die beiden zusammen Spaß haben."

„Das sehe ich genau so", blinzelte Andreas. „Deshalb bin ich sofort ungesehen verschwunden. Die beiden sind 20 und damit wahrlich alt genug, um zu wissen, was sie tun."

Da nahten Amy und Thomas auch schon, mit unübersehbarem Glanz in den Augen.

„Ging nicht eher", schmunzelte Thomas, die Flaschen auf den Tisch stellend. „Mir ist eine unaufschiebbare Sache mit höchster Dringlichkeitsstufe dazwischengekommen."

„Und um diplomatische Verwicklungen zu verhindern, hat er sich entschlossen, die Getränkelieferung geringfügig später einzutakten." Amy sortierte das Leergut in den freien Kasten.

„Ah, ja!" Die beiden Elternpaare warfen sich amüsierte Blicke zu.

„Zu meiner Zeit nannte man das noch erste Romanze", schmunzelte John. „Und wenn es der Geldbeutel hergab, war ein Blumenstrauß fällig."

Amy warf Thomas einen irritierten Blick zu. Woher wusste ihr Vater nur, was gerade geschehen war?

Doch Thomas tat, als bemerke er das nicht. Er pflückte eine Rose, ging vor Amy auf die Knie und reichte sie ihr mit den theatralischen Worten: „Holde Maid, nimm die Rose zum Zeichen meiner Liebe und schenke mir deine Gunst."

Amys Augen blitzten, als sie die Rose entgegennahm. „Erhebe dich edler Recke und gewähre mir Schutz und Wärme unter deinem Umhang. Oder war's die Bettdecke? Na egal. Ach, jetzt ist der Text wieder da! In deinen Armen."

Die letzten Worte gingen im Gelächter der anderen unter.

„Klare Ansage", kicherte Emilia.

Kara wischte sich Tränen aus den Augen.

Thomas grinste breit. „Ich fange am besten mit den Armen an, steigere mich bis zum Umhang, um dann ganz eindeutig die Bettdecke anzuvisieren."

Amy fiel in das allgemeine Gekicher ein. Die Katze war aus dem Sack und niemand hob mahnend den Zeigefinger. Auch, als sie sich etwas später auf der Bank an Thomas kuschelte, schaute niemand pikiert.

„Wir begrüßen es voll und ganz“, verriet Kara. „Inzwischen ist es ja allgemein bekannt, dass ich nicht wirklich mit John verwandt bin und er mich als Enkelin adoptiert hat. Euch stehen also alle Wege offen.“

„Apropos alle Wege offen – gibt es schon Daten über den Dachs?“, hakte Amy sofort ein.

Andreas Winkler nickte. „Ich will aber morgen noch mehr Tests machen, um ganz sicher zu sein. Der Erste besagte, dass das Tier tatsächlich aus einer anderen Zeit stammt.“

„Oh, Shit!“ Thomas wurde blass. „Dann könnte theoretisch hier noch anderes Viehzeug aufkreuzen oder sogar schon herumlaufen.“

„Das befürchte ich auch“, murmelte Vater Winkler.

Thomas nahm Amys Hand. „Auf diesem Stück Land, außerhalb des Hauses, keinen Schritt mehr ohne mich! Falls wieder eine Zeitverschiebung eintritt, wie sie mein Vater erlebt hat, dann will ich wenigstens an deiner Seite sein.“

„Ich schwöre es“, hauchte Amy etwas ängstlich, wobei sie beinahe unbewusst Thomas’ ziemlich ausgeprägtes Sixpack streichelte. Er wäre ganz sicher in der Lage, sie vor allem Möglichen zu beschützen.

Immerhin hatte er erst kürzlich bei den Jugendlandesmeisterschaften im Kung-Fu den vierten Platz von fast 200 Teilnehmern belegt. Den Kraftraum im Keller, sehr zutreffend Folterkammer genannt, nutzte er mehrmals die Woche zusätzlich.

Zudem war er handwerklich genau so begabt wie sein Vater und machte aus den unmöglichsten Abfällen nützliche Dinge.

„Das trifft übrigens auch auf alle anderen zu", präzisierte Vater Winkler. „Ab sofort gehen bitte alle nur zu zweit aus dem Haus."

Karas Blick trübte sich. „Ich will nicht mehr in die alte Welt zurück."

Andreas nahm sie tröstend in den Arm. John zog sein Handy aus der Tasche, schaute ihn fest an und wählte eine Nummer. Nach dem vierten Rufton meldete sich jemand.

„Grüß dich, Riley. Hier brennt die Luft. Wenn du es einrichten kannst, dann bring mir gleich morgen früh deinen Prototyp rüber. Ja, ja, ich kenne die Risiken. Aber lieber die, als das, was jetzt passieren könnte. Klappt? Na bestens! Bis morgen."

Unglauben in Andreas' Gesicht, Fragen bei den anderen.

„Es handelt sich um den voll funktionsfähigen Erstling eines Gerätes, mit dem Zeitverschiebungen kompensiert, aber auch simuliert werden können", erklärte Andreas schließlich, weil John keine Anstalten dazu machte.

„Ein transportables Portal, wenn ich das jetzt richtig interpretiere", sagte Thomas mehr zu sich selbst.

John nickte. „Das ist korrekt."

„Und das soll wirklich funktionieren?", flüsterte Amy mit großen Augen.

„Bei 95 Prozent der bisher getesteten Fälle hat es genau das getan, was es sollte", ließ sich John vernehmen.

„Und die restlichen fünf Prozent?"

„Sind unkalkulierbares Risiko."

Thomas schnaufte. „Ich weiß echt nicht, ob ich nun lachen oder heulen soll."

„Wir auch nicht", gab Andreas zu, nachdem er mit John einen kurzen Blick gewechselt hatte.

„Seit wann arbeitet ihr daran?"

„Seit über 20 Jahren. Der Durchbruch kam vor drei Jahren, als wir das erste Mal ein Zeitfenster öffnen und mehrere Insekten hierher holen konnten."

Thomas schüttelte erstaunt den Kopf. „Woher?"

John atmete tief ein. „Aus einer ziemlich weit entfernten Zukunft."

„Wo habt ihr die?", fragte Amy sofort.

„Nicht im Institut", entgegnete John ausweichend.

Amy sprang auf. „Die sind doch nicht etwa hier im Haus???"

Ihr Vater nickte sehr vorsichtig.

„Ich will sie sehen!"

„Ich auch!", rief Thomas sofort.

„Wir wollen auch mit!" Kara zeigte auf Emilia und sich.

Andreas seufzte. „Dann bleibt uns ja nichts anderes übrig, als euch die Krabbler zu zeigen. Morgen, bevor Riley kommt."

Aufgrund der vorgerückten Stunde beendeten die beiden Familien den Grillabend. Thomas und Amy brachten den Servierwagen und die Getränkekiste ins Haus.

Thomas zog, kaum dass sich die Küchentür geschlossen hatte, Amy an sich. „Ich hab verdammte Lust auf andere Sachen, als jetzt ganz brav allein ins Bett zu gehen." Seine Hände glitten unter ihren Pullover und modellierten die festen Brüste nach.

„Ich hätte auch nichts gegen eine andere Nachtgestaltung", flüsterte sie.

Kara klopfte vorsichtshalber an, ehe sie hereinkam. Lächelnd hielt sie einen Moment inne. „Lasst euch nicht stören."

Die jungen Leute schmunzelten.

„Das ist eine echte Option", meinte Thomas. „Ich bin morgen pünktlich zum Frühstück am Tisch."

Kara lachte fröhlich. „Okay. Dann weiß ich zumindest, dass ich keine Vermisstenmeldung aufgeben muss, wenn dein Zimmer heute leer bleibt." Sie blinzelte beiden zu und verschwand.

Emilia sah Thomas mit zur Tür hereinkommen und war ebenfalls sofort im Bilde. Unwahrscheinlich, dass die beiden jetzt noch Musik hören wollten.

Sie brauchte sich also nicht zu wundern, wenn morgens plötzlich Handtücher im Gästebad auftauchten. Amy zog Thomas in ihr Schlafzimmer und schloss ab.

„Ich habe keinen Gummi dabei", gestand Thomas.

Amy kicherte. „Wäre ja auch nicht normal."

„Stimmt. Der ganze Abend ist alles andere als gewöhnlich", gab Thomas zu. „Ich kann nur nicht garantieren, dass ich mich wirklich im Griff behalte und wenn, dass nicht trotzdem was passiert."

„Eigentlich sollten die fruchtbaren Tage noch nicht eingesetzt haben", erklärte Amy, genießend, wie er ihr Pullover und Jeans abstreifte.

„Und uneigentlich?"

„Werden wir es merken."

„Tolle Aussichten." Thomas schlüpfte aus seiner Kleidung, ohne jedoch die Pants abzulegen.

Amy öffnete ihren BH-Verschluss und fasste nach dem Slip.

„Der bleibt an", forderte Thomas.

Sie schluckte. „Meinst du das ernst?"

„Todernst, auch wenn ich mich am liebsten völlig zügellos auf dich stürzen würde."

Amy nahm sein Gesicht in beide Hände. „Selbst, wenn wir noch drei Tage als Sicherheit drauf rechnen, kann nichts passieren. So lange bleibt kein Spermium befruchtungsfähig."

Dann ließ sie ihre Fingerspitzen langsam über seinen Rücken gleiten, erwischte den Bund der Hose und zog sie ihm einfach aus.

An diesem Punkt übernahm Thomas die Initiative. Er zündete die drei kleinen Kerzen auf dem Tischchen an, löschte die Nachttischlampe und begann genüsslich, Zentimeter für Zentimeter Amys Körper zu erkunden. Wann und wodurch ihr Slip abhandengekommen war, konnten sich beide kurz darauf nicht mehr erinnern.

„Jetzt kann ich endlich den Fressrausch der Haie verstehen", flüsterte ihr Thomas ins Ohr, weit davon entfernt, seine Position zwischen ihren Schenkeln aufgeben zu wollen.

Amy begann, amüsiert zu kichern. „Guter Vergleich, die haben auch sehr kräftige Schwänze."

„Ich liebe Komplimente", schmunzelte Thomas.

„Dann mach mir noch einmal den Hai." Amy zog ihn fest an sich und er erfüllte die Bitte nur zu gern.

Kurz vor dem Morgengrauen hauchte er ihr einen Abschiedskuss auf die Lippen. Beinahe lautlos öffnete und schloss er die Türen, als er in seine Zimmer schlich, um noch eine halbe Stunde Schlaf nachzuholen, ehe der Wecker klingeln werde.

„Was? Schon wach?", staunte Andreas, als er etwas später Thomas den Tisch decken sah. „Oder hast du gleich durchgemacht?"

„Schon wach“, entgegnete Thomas lächelnd. „Du weißt ja, dass ich durchaus zwei, drei Tage ohne, oder mit sehr wenig Schlaf auskomme.“

Amy hingegen wurde erst beim Duschen munter. Dann saß sie so verträumt und selig lächelnd am Tisch, dass sich John und Emilia amüsierte Blicke zuwarfen. Thomas schien mit sehr überzeugenden körperlichen Argumenten aufgewartet zu haben. Seine absolut durchtrainierten Muskeln waren da sicher nur Nebensache gewesen.

„Vaters Erbteil“, witzelte John, der sich lebhaft erinnerte, dass Kara nie ein Geheimnis darum gemacht hatte, warum Andreas für sie der Mann überhaupt war.

Amy grinste breit und hüllte sich in Schweigen, das beinahe noch mehr sagte, als viele Worte. Dann hob sie den Kopf. „Äh, Daddy, hast du einen heißen Verhütungstipp für uns?“

John lachte. „Sicher hab ich das. Inzwischen gibt es eine Pille, die praktisch keine Nebenwirkungen hat. Nicht ganz preiswert, aber echt genial.“

„Interessant!“, rief Amy. „Kommst du ran?“

„Na logisch!“ John zückte das Handy. „Grüß dich, Riley! Bring dann bitte zwei Packungen Xaron 4000 mit! Auf Privatrechnung! Okay! Danke!“

„Und wie hoch ist die?“, fragte Amy vorsichtig.

„2.500“, entgegnete ihr Vater, sich noch ein Sandwich nehmend.

„Heiliger Strohsack!“

John schaute die vergnügt lächelnde Emilia an, zuckte mit den Schultern, dann aß er seelenruhig weiter.

Amy beeilte sich nach dem Frühstück, das Geschirr in die Küche zu tragen, um anschließend ganz pünktlich mit allen anderen hinunter ins Labor zu gehen.

Andreas öffnete ihnen die Tür zum Hochsicherheitsraum. Sie passierten die Luftschleuse und blieben erschüttert stehen.

„Oh, mein Gott", hauchte Kara.

Amy klammerte sich ängstlich an Thomas. Emilia machte einen Satz zurück und wäre am liebsten geflohen. Mit dem Rücken an der Tür blieb sie wie erstarrt stehen und beobachtete aus unnatürlich großen Augen das, was John und Andreas als Insekten bezeichnet hatten. Alle hatten mit irgendwelchen maikäfergroßen Tieren gerechnet, aber keinesfalls mit dem, was sich hier hinter Panzerglas bewegte.

„Wie groß sind die?", fragte Thomas schließlich.

„Der Größte und Aggressivste ist über einen halben Meter lang", antwortete John. „Er hat sich sofort auf seine Artgenossen gestürzt, sodass wir ihn separieren mussten."

„Falls es wirklich Artgenossen sind", warf John ein. „Sie sehen zwar alle fast gleich aus, aber das will nichts heißen."

„Und die sind wirklich aus der Zukunft?" Amy trat näher an das Terrarium heran. Sofort versammelten sich die metallisch grün glänzenden Monster an genau dieser Stelle. Amy schüttelte sich angewidert. „Ich fühle mich beobachtet."

Andreas nickte. „Das tun sie in der Tat. Für einen Happen in deiner Größe brauchen sie übrigens nur wenige Minuten."

Kara lief ein eisiger Schauer über den Rücken und sie zog es vor, sich zu Emilia an die Tür zu flüchten.

„Hat die Größe eine natürliche Ursache?", hakte Thomas ein und taxierte den Käfer genau vor sich, der aufgeregt mit seinen Mundwerkzeugen zuckte.

John atmete durch. „Definitiv nicht. Diese acht Exemplare sind atomar verseucht, wenn auch nur äußerst gering und gerade noch messbar."

„Ich möchte raus", bat Emilia und Kara nickte heftig.

Andreas öffnete ihnen die Schleuse. Beide Frauen atmeten erst auf, als sie den Labortrakt verlassen hatten.

„Ab sofort stecke ich mein großes Messer auch im Haus ein", schwor Kara. „Das sind gefräßige Ungeheuer! Dabei erinnern sie mich irgendwie an die Minzekäfer, die ich früher immer ins Feuer geworfen habe. Aber die waren nur so klein", deutete sie mit zwei Fingern an.

Anomalien

Die Türklingel riss sie aus ihren Gedanken und Emilia beeilte sich, Riley hereinzulassen.

„Ihr seht aus, als hättet ihr einen Geist gesehen", schmunzelte der.

„Schlimmer! Wir haben die Käfer gesehen!", rief Kara.

„Na gut, das kommt tatsächlich fast auf das Gleiche raus."

Riley machte sich grinsend auf den Weg ins Labor. Amy und Thomas starrten noch immer völlig fasziniert in das Terrarium der Riesenkäfer.

Riley begrüßte alle mit Handschlag, setzte seinen Koffer ab und fragte: „Habt ihr sie schon gefüttert?"

„Wir bereiten es gerade vor", erwiderte Andreas, eine Hammelkeule aus dem Transportbehälter hievend. Mit einem Elektromesser trennte er ein Drittel ab.

„So viel kriegen die Viecher?", staunte Amy.

„Falsch", erwiderte John. „Sie bekommen alles. Das kleine Stück ist für den Monsterkäfer bestimmt."

„Oh, ha!" Thomas kratzte sich am Ohr. „Und wie lange sind sie dann satt?"

Andreas zuckte mit den Schultern. „Das ist die Frage. Bei uns bekommen sie einmal pro Woche eine solche Ration. Ob sie satt sind oder auf Sparflamme leben, kann ich dir beim besten Willen nicht sagen.

Irgendwo geht der Spaß ja auch ins Geld. Irgendeinen praktischen Nutzen kann ich zudem nicht absehen, was die Forschung an den netten Tierchen betrifft. Es ist besser, wenn keiner weiß, was wir hier versteckt halten."

„Das ist wohl wahr!", pflichtete Riley bei. „Ich plädiere nach wie vor dafür, die Käfer wieder zurückzuschicken."

Thomas nickte. „Wäre sicher das Beste und für mich gleich der Beweis, dass dein Wundermaschinchen wirklich funktioniert."

„Was könnte alles geschehen, brächen die Tiere aus?", wollte Amy wissen.

„Sie werden auf alles losgehen, was sich bewegt oder was nach Fleisch riecht. Außer Feuer wäre kein Kraut gegen diese Killer gewachsen", erzählte John. „In ihrer Welt gibt es nur Insekten."

„Habt ihr auch herausgefunden, wer oder was den atomaren Supergau ausgelöst, der alles andere Leben vernichtet hat?" Thomas schaute sehr genau zu, wie Riley seinen Koffer öffnete.

„In etwa", sagte Andreas vorsichtig. „Irgendwo ist ein Waffenlager hochgegangen und hat eine weltweite Kettenreaktion ausgelöst. Es muss über Jahrhunderte einen atomaren Winter gegeben haben. Wie die Käfer überleben konnten, ist nur dadurch zu erklären, dass sie extrem mutierten und mit Frost bis Minus 80 °C mühelos klarkommen."

„Hat im Wasser auch etwas überlebt?", murmelte Amy verstört.

„Keine Ahnung. Wir wissen nur, dass die Meere zum größten Teil verdampften, wie auch das Süßwasser und irgendwann, nach unglaublichen Unwettern, der Rest allen Wassers einfror. Wovon sich die Käfer ernähren, wenn sie nicht übereinander herfallen, können wir euch auch nicht sagen."

„Vergiss nicht zu erwähnen, dass nur knapp sieben Jahre vorher der Yellowstone in die Luft geflogen ist.

Nachdem seine Kaldera an verschiedenen Stellen aufbrach, Dutzende Vulkankrater ausbildete und es nach diesem Inferno kaum noch nennenswertes Leben auf der Erde gab“, warf John ein.

Amy wurde blass, Thomas machte eine überraschte Handbewegung.

„Wenn ich euch so zuhöre, dann scheint ihr den Zeittunnel derart erzeugen zu können, dass ihr ihn als Fenster in die andere Zeit nutzen könnt. Selber seid ihr aber hier in relativer Sicherheit“, ließ sich er sich vernehmen.

„Das ist exakt“, bestätigte Riley. „Daher wissen wir, dass es definitiv keine Menschen mehr gab, als die A-Waffen alles verseuchten. Alle Berechnungen, die jemals angestellt wurden, um herauszufinden, was Yellowstone anrichten könne, waren übrigens voll daneben.“

„Ich schätze, dann werden auch die Phlegräischen Felder, das Tamu-Massiv und diverse andere Supervulkane ausgebrochen sein“, vermutete Amy.

„Exakt“, bestätigte John.

„Äußerst interessant. Darf ich dabei sein, wenn ihr das Gerät das nächste Mal einsetzt?“

Andreas seufzte. „Ich habe erwartet, oder vielmehr befürchtet, dass du diese Frage stellen würdest.“

„Das heißt: nein?“

„Auch diese Interpretation war klar“, schmunzelte Andreas. „Sagen wir so: Ich bin nicht ganz abgeneigt, dich dabei sein zu lassen.“

Über Thomas’ Gesicht huschte ein verhaltenes Lächeln. „Okay, dann harre ich darauf, wie du an jenem Tag geneigt bist, zu entscheiden.“

„Willst du auch?“, fragte John seine Tochter.

Die zog die Augenbrauen zusammen. „Mal schauen, wie ich an jenem Tag geneigt bin, mich zu entscheiden.“

„Zumindest war es kein eindeutiges nein“, lachte Andreas.

Amy hob die Schultern. „Ich würde es vermutlich nur tun, um bei Thomas zu sein. Weil ich schlicht Angst habe, dass irgendeine Katastrophe geschieht.“

„Es ist wohl besser, wenn wir erst mal gehen“, schlug Thomas vor, Amy an der Hand aus dem Labor zur Luftschleuse ziehend.

Riley sah ihnen erstaunt nach. „Scheint sich was Ernsteres anzubahnen?“

Beide Väter nickten.

„Es ist mittendrin“, verriet John schließlich mit ziemlich behaglicher Miene.

„Die optimale Konstellation“, kicherte Riley.

„Eher die perfekte“, präzisierte Andreas, während er den Zeitgenerator im Tresor einschloss. „Alles bleibt in der Familie.“

Amy war vor dem Labor stehen geblieben. „Willst du wirklich zuschauen?“

„Ja, natürlich“, bekam sie zur Antwort.

„Ich will dich ja nicht nerven. Aber kannst du dir unter Umständen vorstellen, dass ich wirklich Angst um dich habe?“

„Ohne eine gewisse Risikofreudigkeit sind geniale Forschungen und Erfindungen nun mal nicht zu machen“, hielt ihr Thomas vor Augen.

„Du bist und bleibst ein Draufgänger.“

Thomas lächelte breit. „In erster Linie im Bett. Kleine Kostprobe gefällig?“

„Als Nachtisch", schlug Amy blinzelnd vor. „Meine Mutter wird gleich zum Essen rufen."

Nach einem kurzen Blick auf die Uhr fragte Thomas: „Bei dir oder kommst du hoch?"

„Bei mir. Meine Eltern halten in jedem Fall sehr ausgiebige Mittagsruhe. Wenn du verstehst, was ich meine."

„Bis dann!" Thomas nahm gleich drei Stufen auf einmal, als er die Treppe hinauf eilte.

„Warum kommst du allein?", rief Kara beunruhigt.

„Keine Panik. Ich bin mit Amy eher gegangen, weil sie sich auch nicht ganz wohl in der Nähe der Riesenkrabbler fühlt."

„Ich denke eher, du hast ihr wieder mir irgendwelchen komischen Ideen Angst eingejagt."

„Ganz bestimmt nicht", schwor Thomas. „Sie ist nur seit gestern auffallend überbesorgt."

„Ich kann sie verstehen. Ich habe auch stets Angst um deinen Vater gehabt. In jeder Kleinigkeit, die ich nicht begreifen konnte, habe ich Gefahren gesehen. Du kannst dir sicher vorstellen, dass das ziemlich viele waren. Heute wie damals liebe ich ihn mehr als mein eigenes Leben."

Thomas nahm seine Mutter in den Arm. „Er hat mir voller Dankbarkeit erzählt, wie du ihn nach Hause geschleppt und was du für Ängste ausgestanden hast."

„Kleine Revanche dafür, dass er mich nicht als Bärenfutter hat enden lassen", schmunzelte Kara, „aber das hat er dir sicher auch erzählt."

„Hat er", blinzelte Thomas und öffnete seinem Vater die Tür.

„Mir knurrt gewaltig der Magen", erklärte Andreas, sich an den Tisch setzend.

Kara hob eine Augenbraue. „Kein Wunder, wenn du zusehen musst, wie ein paar eklige Käfer eine ganze leckere Hammelkeule niedermachen."

„Nicht mehr lange. Wir haben beschlossen, die Biester schon morgen zurückzuverfrachten."

„Uaaaah, mich schüttelt es noch immer, wenn ich nur an die Viecher denke!" Kara bekam eine deutlich sichtbare Gänsehaut. „Ich werde heute Nacht bestimmt Albträume bekommen. Mir sind früher die seltsamsten Lebewesen über den Weg gekrochen – aber das sprengt alle Rekorde. Pfui!"

„Kannst du dir die Larven dazu vorstellen?", fragte Andreas, darauf anspielend, dass sie im Urwald diese Art der Leckerei, zu seinem Leidwesen, sehr bevorzugt hatte.

„Igitt!" Kara schüttelte sich. „Hör bloß auf! Sonst vergeht mir noch das Mittagessen!"

Thomas schmunzelte. Wenn Mutter so reagierte, dann musste sie schon gewaltigen Ekel verspüren. Andreas verkniff sich lieber auch, sie ernsthaft zu verärgern.

Ihr Hirschbraten mit Preiselbeeren und Klößen zauberte ein zufriedenes Lächeln auf sein Gesicht. Nicht nur, weil es hervorragend schmeckte, sondern auch, weil sie die Teller wieder liebevoll garniert hatte.

Thomas war schon als ganz kleiner Junge sehr beeindruckt gewesen, wenn Mutti aus Obst und Gemüse kleine Kunstwerke zauberte, um ihm zu zeigen, wie man Essen zelebrieren konnte.

Seit er an seinem 16. Geburtstag detailliert erfahren hatte, wer seine Mum wirklich war, liebte er sie und alles, was sie für die Familie tat, noch mehr.

„Braucht ihr mich jetzt?", fragte er beim Tischabräumen. „Sonst verschwinde ich gleich zu Amy."

„Mittagsschlaf halten?“, witzelte Andreas.

Thomas nickte und trollte sich schmunzelnd. Kara schaute amüsiert kopfschüttelnd hinterher.

Andreas strich ihr eine Haarsträhne aus dem Gesicht. Kara, inzwischen auch geschätzte Anfang 40, wäre in ihrer Zeit eine sehr alte, abgehärmte Frau gewesen. Hier sah sie noch immer ausnehmend gut aus, obwohl sich die genetischen Anlagen nicht völlig austricksen ließen.

Sie trug das, ehemals strohblonde, Haar natürlich grau gesträhnt. Die Gelenke spielten nicht mehr so mit, wie sie es sich für Andreas gewünscht hätte und zum Lesen brauchte sie eine Brille.

John und Andreas scheuten keine Mühe, immer die neuesten Errungenschaften der Forschung für Kara greifbar zu machen, um ihr noch einige Jahre zu schenken.

„Es ist schon etwas anderes, ob jemand wegen Mangelerscheinungen vorzeitig altert, oder ob er von Natur aus dazu verdammt ist“, seufzte John Andreas gegenüber, wann immer Kara zugab, dass sich ein neues Wehwehchen eingestellt hatte.

Andreas fuhr sich dann stets mit der Hand über die Augen. „Ich weiß ja, dass auch jetzt schon jeder Tag der Letzte sein kann. Ich will es nur nicht wahrhaben.“

„Das hab ich wohl mit ihr gemeinsam“, murmelte John.

Thomas gab von der Treppe aus Amy per SMS Bescheid, dass er gleich vor ihrer Tür stehen werde, und wurde prompt eingelassen, kaum dass er eintraf.

Er nahm sie sofort in die Arme, küsste sie zärtlich und merkte, wie ihre Knie weich wurden. Also trug er sie zum Bett. Er genoss es, wie sie sich an ihn schmiegte und es kaum erwarten konnte, seine heiße Haut auf der ihren zu spüren. Thomas zog ein Kondom aus der Hosentasche.

Amy schüttelte leicht den Kopf. „Lass die Spaßbremse stecken."

Thomas folgte mit den Augen ihrer Blickrichtung. „Phänomenal. Ich wusste gar nicht, dass das Präparat schon freigegeben ist."

„Du kennst es?", fragte Amy überrascht.

„Ja. Deshalb werde ich jetzt auch jeden Augenblick mit allerbestem Gewissen genießen." Er ließ seine Lippen über ihren Hals wandern und mit jedem Knopf, den er an ihrer Bluse öffnete, ein Stück tiefer. „Vielleicht sollte ich die Spaßbremse doch nicht ganz wegstecken?", flüsterte Thomas, als er am Zielort angekommen war.

„Abwarten", gab Amy zurück, ihm mit den Fingern durchs Haar fahrend, um ihn gleichzeitig an jener Stelle festzuhalten, die ihn im Augenblick am meisten interessierte.

Unvermittelt fragte sie: „Hast du es schon mit anderen Mädchen getan?"

„Es ja, das nicht", gab Thomas unumwunden zu, ohne sich unterbrechen zu lassen. „Aus reiner Neugier, nicht aus Liebe", fügte er erklärend hinzu.

Amy lächelte mit geschlossenen Augen. Thomas hatte sie noch nie belogen. Dass er in dieser Situation, auf ihre Frage sofort ehrlich geantwortet hatte, war für sie nur ein weiteres Zeichen, dass sie die eine für ihn war, wo die Neugier erst an zweiter Stelle stand.

Dass sie es anderweitig schon einmal probiert haben musste, war für ihn am ersten Tag so offensichtlich gewesen, dass er wahrlich nicht nachzufragen brauchte und er tat es auch jetzt nicht. Außerdem studierten sie an derselben Uni und da war es schnell ein offenes Geheimnis, wer mit wem.

Thomas führte Amy von einem Höhenflug zum nächsten. Ihr kaum merkliches Lächeln, das ihn an Da Vincis Mona Lisa erinnerte, erklärte, wie sehr sie seine Zärtlichkeiten genoss und auch deutlich genug, dass alles vorher nur schlechter Durchschnitt gewesen sein musste.

Etwas später lagen sie aneinandergekuschelt, um einfach nur die Nähe des anderen zu fühlen.

„Wann hast du den ersten Entschluss gefasst, etwas näher auf Tuchfühlung zu gehen?", wollte Amy wissen.

Thomas schmunzelte. „Als dir Edward eindeutige Offerten machte. Für den schmierigen Typen warst du mir zu schade und da kapierte ich ganz plötzlich, dass du die Frau meiner Träume bist. Nur fand ich keine unverfängliche Möglichkeit, dir das zu sagen. Also habe ich gestern alles auf eine Karte gesetzt, immer mit der Angst im Hinterkopf, auch alles zu verspielen."

Amy schmiegte sich noch enger an. „Verrückter Kerl. Ich liebe dich. Hab es ja auch erst gestern begriffen, dass du der Schlüssel zum Glück bist. An jedem Tag ohne dich hat immer etwas gefehlt."

Thomas' Blick streifte den Wecker. „Oh, ich glaube, wir sollten langsam die Mittagspause beenden."

Amy lachte übermütig. „Wer zuletzt in den Klamotten ist, ist eine lahme Schnecke!" Sie sprang mit einem Satz aus dem Bett.

Thomas schaute ihr sehr interessiert beim Anziehen zu, grinste genüsslich und meinte: „Was so eine richtige Schnecke ist, schleimt sich schnell wieder ein."

Amy verwandelte das Ritual des Anziehens, begleitet durch einen aufreizenden Augenaufschlag, in einen umgekehrten Strip. Sie heizte Thomas damit derart auf, dass er nicht umhinkonnte, sie mit einem schnellen Griff wieder ins Bett zu ziehen. Amy ergab sich sofort dem überfallartigen Angriff.

„Du bringst mich völlig um den Verstand", raunte ihr Thomas ins Ohr, dem ein wohliger Schauer nach dem anderen über den Rücken rann, wenn sie in wilder Lust ihre Fingernägel in seine Haut grub.

Schließlich schafften sie es doch noch, aus dem Bett zu kommen.

„Hast du auf einem Nagelbrett geschlafen?", flötete Amy, mit unschuldigem Blick, auf seinen Rücken deutend.

Thomas grinste breit. „Ich hatte ein Jagderlebnis mit der heißesten Wildkatze im ganzen Königreich."

„Pirsch dich am besten gleich heute Abend wieder an, dann wird sie dich, als anschmiegsame Schmusekatze, etwas trösten. Vergiss aber nicht, deine Waffen mitzubringen." Sie ließ ihre Fingerspitze über seine Muskeln gleiten.

„Die Waffe, die dich am meisten begeistert, hab ich immer dabei", blinzelte Thomas, sein Shirt überstreifend. Er folgte Amy aus dem Zimmer.

Im Plan für den Nachmittag stand eine botanische Bestandsaufnahme direkt bei Stonehenge. Andreas hatte vor einigen Jahren im Gras einige Stängel Emmer entdeckt, die es in der heutigen Zeit einfach nicht geben durfte.

Nun sollten Thomas und Amy nach weiteren Standorten auf die Suche gehen, um herauszufinden, ob sich diese uralte Weizensorte hier gehalten hatte oder wieder verschwunden war.

Während Amy die Digitalkamera überprüfte, lud Thomas den Koffer mit den Reagenzgläsern und wiederverschließbaren Plastiktüten ins Auto.

Kara brachte eine große Thermoskanne Kaffee und Emilia steckte ihnen ein Paket Kuchen zu. Andreas stand mit in die Hüfte gestemmten Armen daneben und schüttelte belustigt den Kopf.

Die beiden jungen Leute umarmten ihre Mütter dankbar, winkten den Vätern noch einmal zu, dann steuerte Thomas das Fahrzeug durch das große Tor.

„Es ist jedes Mal ein Ritual, als würden wir auf eine Weltreise gehen", schmunzelte Amy. „Dabei sind es doch nur ein paar Kilometer."

„Nach der Sache mit dem Dachs kann ich es durchaus verstehen", warf Thomas ein. „Erst recht, wenn ich daran denke, wohin wir fahren. Unser guter alter Steinkreis hat so einige Geheimnisse, die nicht von Pappe sind. Im Augenblick sollen sich die Abweichungen im Zeitgefüge aber in normalen Grenzen halten, sagt mein Vater."

„Sonst hätten sie uns auch nicht diesen Auftrag gegeben", murmelte Amy.

Thomas schaute noch einmal in den Rückspiegel, dann gab er etwas mehr Gas. „Hauptsache ist, dass es trocken bleibt und uns nicht irgendwelche Touristen den Zeitplan verderben. Ich bin keineswegs wild darauf, mich öfter bei Stonehenge herumtreiben zu müssen, als unbedingt nötig."

Amy nickte mehr für sich. Sie standen beide mitten in den Prüfungen und mussten überdies pünktlich ihre Diplomarbeiten fertigbekommen.

Am Rand des übernächsten Dorfes fiel ihnen eine
Gruppe Kinder auf, die ziemlich ratlos um sich schaute.

34

Die Eidechse

Thomas fuhr links ran und ließ die Scheibe herunter. Die Gruppe war zu weit entfernt, um etwas hören zu können. „Da muss irgendwas Komisches passiert sein. Ich geh mal rüber."

„Pass bitte auf dich auf."

Er überquerte die Straße, näherte sich den Kindern, die wild mit ihrer Lehrerin diskutierten.

„Gibt es Probleme? Kann ich Ihnen helfen?", fragte er sofort, als er die verstörten Gesichter sah.

„Möglicherweise", wandte sich die Frau an ihn, nachdem sie das Logo des Institutes am Auto erkannt hatte. „Paul will eine riesige Eidechse auf zwei Beinen gesehen haben. Außerdem habe sie ihm mit den Krallen dieses Loch in den Rucksack gerissen."

Thomas schaute den genannten Knaben gespielt skeptisch an.

„So habe ich auch zuerst geschaut", erklärte die Lehrerin, „nur ist Paul weder als Klassenkasper noch als Gernegroß bekannt. Ich bin geneigt, zu glauben, dass etwas sehr Ungewöhnliches vorgefallen ist."

Der Biologe nahm den Rucksack näher in Augenschein. Der Riss war glatt und die Brotdose im Inneren trug ebenfalls einen deutlich sichtbaren Kratzer.

„Wie groß war denn die Eidechse?"

Paul druckste herum, wobei er Thomas bittend anschaute.

„Okay, du möchtest nicht, dass alle zuhören."

Verschämtes Nicken.

„Komm, setzen wir uns auf den großen Stein da drüben." Er nahm den Jungen an der Hand.

Kaum außer Hörweite flüsterte der Knabe: „Das war keine Eidechse. Das war ein Saurier. Aber das würde mir doch sowieso keiner glauben." Tränen traten in seine Augen. „Der war nur so groß", deutete er mit den Händen an, „sehr dünn und hatte ein langes Maul mit spitzen Zähnen. An den Vorderbeinen waren an den Daumen ganz lange Krallen.

Er hat mich angesprungen. Ich habe ihm den Rucksack um den Kopf geschlagen." Paul zog die Nase hoch. „Jetzt werden Sie mich sicher für einen Lügner halten."

Thomas schüttelte sehr ernst den Kopf. „Nein. Ich glaube dir."

„Wirklich???" Staunen in einem Kindergesicht.

„Ja. Auch die Größe des Tieres, von etwas weniger als einem Meter, halte ich für eine wichtige Beobachtung. Du kennst doch sicher das naturwissenschaftliche Institut von Professor Doktor Helmbrecht?"

„Ja." Der Kleine deutete zum Auto hinüber. „Ich habe das Zeichen sofort erkannt. Ist euch der Saurier ausgerissen?"

Thomas begann zu lachen. „Ganz bestimmt nicht. Aber wir werden uns darum kümmern, dass er eingefangen wird und keinen Schaden mehr anrichten kann. Dann müssen wir herausfinden, wo er herkommt. Es ist ja doch etwas ungewöhnlich, wenn ein Velociraptor mitten im 21. Jahrhundert herumspaziert."

„Stimmt. Aber ihr macht das schon." Paul strahlte Thomas fröhlich an.

Der lachte. „Wir werden uns Mühe geben." Er brachte den Jungen zu seiner Klasse zurück, wechselte noch ein paar Worte mit der Lehrerin und stieg schließlich wieder zu Amy ins Auto.

Er ließ den Motor an und fuhr langsam an den Kindern vorüber, die zum Abschied winkten. Paul wirkte sehr erleichtert.

„Was war denn los?“, fragte Amy.

„Hier läuft ein Raptor frei herum.“

„Nein!“

„Doch. Zwar nur ein kleiner, aber äußerst aggressiver. Er hat dem Jungen glatt den Rucksack aufgeschlitzt und sich auf seiner Brotdose mit einem Kratzer verewigt.

Ich habe das Gespräch aufgezeichnet und ein paar Bilder vom angerichteten Schaden gemacht. Würde mich nicht wundern, wenn sein Vater heute noch bei uns anruft.“

„Sind wir schuld?“, fragte Amy kurz und meinte damit das Institut.

„Definitiv nicht“, entgegnete Thomas. „Das könnte nicht einmal versehentlich passiert sein. Ich halte es für ein Werk der Anomalie, die nun seit Monaten besteht und die deinen Vater ja erst dazu veranlasst hat, den Generator zu ordern.“

Außer Sichtweite der Kinder hielt Thomas an, um John am Laptop Videobericht zu erstatten. Der rief sofort nach Andreas.

„Na, das kann ja heiter werden“, stöhnte dieser.

„Glaube ich nicht“, beruhigte Thomas seinen Vater. „Der Junge bleibt bei der Variante, dass ihn eine riesige Eidechse angesprungen habe. Vom Saurier hat er nur mir erzählt, als wirklich alle anderen außer Hörweite waren.

Ich habe ihm meine Karte gegeben und gebeten, sofort hier anzurufen, falls er noch irgendwelche seltsamen Entdeckungen macht oder davon hört, dass andere etwas gesehen haben. Ich bin wirklich gespannt, ob und wo das Tierchen wieder auftaucht."

Amy kaute auf ihrer Unterlippe. John deutete den Blick seiner Tochter richtig. „Niemand kann garantieren, dass nicht auch noch Größeres entdeckt wird."

„Ich habe genau diese Antwort befürchtet", murmelte Amy. „Bei dem Gedanken an einen T-Rex oder so könnte mir glatt übel werden."

„Kommt sofort zurück", bat Andreas, worauf Thomas wendete.

Eine halbe Stunde später standen sie zu viert im Labor und diskutierten.

Andreas öffnete einen Panzerschrank, entnahm ihm eine kleine Kapsel, welche er Thomas reichte. „Das stärkste Nervengift, welches der Planet zu bieten hat. Du musst die darin enthaltene Ampulle deinem Gegner mit einem der spitzen Enden fest an den Körper drücken. Sehr fest, um genau zu sein, deshalb wäre es sinnlos, es Amy zu geben."

„Ich vermute, es ist absolut tödlich."

„Richtig."

Thomas ließ den winzigen Behälter in seine Hosentasche gleiten. „Ich hoffe inständig, dass ich es nie einsetzen muss."

„Zur Erklärung für dich", wandte sich John an seine Tochter. „Das Mittelchen verflüchtigt sich an der Luft sofort, ohne eine Wirkung zu hinterlassen. Es muss unbedingt Hautkontakt haben. Die Ampulle ist zur Sicherheit des Benutzers aus sehr dickem Glas. Wir haben an diversen, mit Wasser gefüllten, Röhrchen getestet und wissen, wie schwer sie zu handhaben sind. Es ist ausschließlich eine Frage der Kraft, falls einen der Angreifer lange genug leben lässt, um auf Körperkontakt zu kommen.“

Amy wurde blass. Sie stellte sich vor, was geschähe, würde ein riesiger Raubsaurier nach Thomas schnappen.

„Sagt Kara und Emilia nichts davon“, bat Andreas.

Amy nickte heftig. „Unsere Mütter verkraften es sicher nicht. Mir fällt es ja schon schwer, halbwegs ruhig zu bleiben. Ich bebe innerlich vor Angst und trotzdem ginge ich, aus Liebe zu Thomas, mit bloßen Händen auf alles und jeden los, der ihn zu töten versuchte.“

„Meinst du, dass ich anders fühle?“ Thomas zog sie auf seinen Schoß. „Jetzt ist wichtig, einen klaren Kopf zu behalten, um eine Lösung für alle Probleme zu finden. Wir müssen den Saurier jagen und möglichst das verdammte Portal in diesem Garten endgültig zerstören, ohne dass unsere Zeit ernsthaften Schaden nimmt.

Als Kind fand ich Berichte über Zeitreisen spannend. Die Geschichte meiner Eltern faszinierte mich. Ich habe mir immer gewünscht, selbst so etwas zu erleben. Aber das, was jetzt gerade geschieht, lässt mich völlig anders denken.“

„Wie viele mobile Portale wird es wohl geben?“, sinnierte Amy laut.

„Ich schätze fünf“, erwiderte Thomas. „Eins haben wir. Die Russen und die Amis werden eins haben, die Japaner sicher auch.“ Er zog die Augenbrauen überlegend zusammen, ohne weiter aufzuzählen. „Korrigiere auf sechs. Ich erinnere mich, dass ein spanischer Wissenschaftler vage Andeutungen in irgendeinem windigen Magazin gemacht hat.“

Andreas packte Thomas am Arm. „Bist du sicher?“

„Ziemlich", antwortete Thomas irritiert, seinen Vater erschreckt anschauend. „Was hast du?"

„In Spanien hat man doch damals das Fahrzeug gefunden, mit dem deine Mutter entführt wurde."

„Glaubst du an einen Zusammenhang mit unseren Problemen hier?"

Anstelle von Andreas antwortete John: „Wenn mein ehemaliger Mitarbeiter Bruno Camarque dahintersteckt, dann schon."

„An den Namen des Mannes kann ich mich nicht erinnern, auch an den Titel des Magazins nicht", erklärte Thomas. „Vielleicht könnt ihr mir ja auf die Sprünge helfen?"

„Ich bin dagegen", protestierte Amy, die genau wusste, dass Thomas auf Hypnose anspielte. „Kann hier denn nicht irgendwas mal ganz normal laufen?"

„Wir sind nun mal nicht normal", betonte Andreas. „Thomas ist der Sohn einer Frau aus der Steinzeit. Schon vergessen?"

Amy presste die Lippen aufeinander, schüttelte den Kopf und schmiegte sich mit geschlossenen Augen in Thomas' Arme. Sie vergaß in der Tat immer wieder, was die Winklers so besonders machte.

Auffällig war höchstens Thomas' etwas stärkere Körperbehaarung. Nur hatten das auch andere Männer, bei denen es, im Gegensatz zum hellhaarigen Thomas, noch deutlicher zu sehen war.

„Trefft ihr die Entscheidungen, ich werde mich fügen", schlug sie schließlich vor.

„Was soll denn das nun wieder?" Thomas hob ihr Kinn an, bis er ihr in die Augen sehen konnte.

Amy schluckte. „Schon mal gehört, dass Liebe das logische Denken ausschaltet? Ich fürchte, genau das ist mir passiert.“

„Na gut, wenigstens wissen wir jetzt, warum du dich so seltsam verhältst und werden es berücksichtigen“, versprach Andreas.

Amy beteiligte sich auch wirklich nicht mehr an der Diskussion, obwohl sie sehr genau die Argumente der drei Männer registrierte. Die schienen sich in vielen Dingen wortlos zu verstehen, wie Amy ziemlich interessiert bemerkte.

Sie assistierte, notierte und reichte Instrumente zu, wenn einer der drei etwas benötigte. Hin und wieder warf sie doch eine Bemerkung ein, die sofort aufgegriffen und mit in den Lösungsplan eingearbeitet wurde.

Andreas gab Thomas mit den Augen ein kaum merkliches Zeichen, worauf der kundtat, sich für den Rest des Tages den angenehmen Dingen des Lebens widmen zu wollen. Er nahm Amy bei der Hand und zog sie aus dem Labor.

Die beiden Väter hockten sich sofort vor die Computer und begannen zu suchen. Sie durchforsteten die neuesten Nachrichten, nach allem, was seltsam anmutete und die skurrilsten Seiten nach Hinweisen auf Zeitmaschinen und Ähnlichem.

„Ich hab was“, murmelte Andreas nach fast einer Stunde. „Burns & Cameron Future Trust. Das klingt für mich wie ein Pseudonym für Bruno Camarque. Kannst mich prügeln, aber mir sträubt sich buchstäblich das Gefieder.“

„Vor allem klingt es bescheuert“, warf John ein. „Zeig mal her!“ Er setzte sich neben Andreas. „Auf den ersten Blick ist er es nicht, auf den zweiten Blick würde ich sagen: Verändere mal die Haarfarbe und retuschiere die Brille weg.“

Andreas transferierte das Bild in ein Fotoprogramm und begann, es nach Johns Anweisungen zu verändern.

„Er ist es nicht“, war der sich schnell sicher. „Das heißt aber nicht, dass er nicht die Finger im Spiel hat. Mit so viel Dreck am Stecken wird er kaum sein Konterfei ins Netz stellen.“

„Denkst du! Vielleicht ist es ja auch der andere Kerl. Wann verjähren Entführung und Körperverletzung?“

„Keine Ahnung!“

„Siehst du, ich auch nicht.“ Andreas löschte die Bilder von seinem Rechner. „Ich sollte den Kerl ignorieren, bis er sich mir mit Brachialgewalt aufdrängt.“

John zog eine Grimasse, als habe er Zahnschmerzen. „Er ist nach wie vor ein Risikofaktor für Kara.“

Andreas hob hilflos die Hände. Dieser Punkt war ihm durchaus bewusst und Kara körperlich nicht mehr in der Lage, sich selber helfen zu können, griffe man sie noch einmal zu zweit an.

Scheinbar ohne Zusammenhang murmelte er: „Sie hat verfügt, dass sie verbrannt und im Meer verstreut werden möchte.“

„Tastsächlich? Das widerspricht doch völlig ihrem Weltbild!“

„Sie möchte nicht durch Zufall als Museumsexponat enden, das ungeniert angegafft wird. Keiner kann garantieren, dass man nicht doch irgendwann wieder ausgebuddelt wird“, seufzte Andreas. „Ich werde ihren Willen in jedem Fall respektieren, auch wenn es mir unendlich schwerfällt.“ Er wischte eine Träne aus dem Augenwinkel. „Ihre Zeit läuft so verdammt schnell ab.“

„Thomas' Werte sehen übrigens erstaunlich gut aus“, stellte John fest, eine Datei auf dem Monitor öffnend. „Dein Erbgut dominiert eindeutig. Ein Mindestalter von 75 Jahren ist ihm garantiert, wenn er gesund bleibt.“

„Wenigstens eine vernünftige Nachricht am heutigen Tag.“ Andreas überflog forschend die Diagramme. „Das sind immerhin ganze 25 Jahre mehr, als seine Mutter zur Verfügung hat.“ Er rieb sich das Gesicht mit beiden Händen. „Wenn ich ihr doch noch ein paar Jahre schenken könnte!“

John legte ihm die Hand auf die Schulter. „Das hast du schon getan, indem du sie damals gerettet und mit in diese Zeit genommen hast.“

„Hast ja recht. In ihrer alten Welt wäre sie schon lange nicht mehr am Leben, selbst, wenn sie bei ihrer Sippe geblieben wäre.“ Andreas seufzte schwer.

Saurierjagd

Die jungen Leute waren auch nicht untätig geblieben. Sie hatten begonnen, auffällige Punkte auf eine Karte zu übertragen. Die Portale in Stonehenge und dem Garten bildeten die Endpunkte und dazwischen tummelten sich bald unzählige farbige Markierungen.

Von den Standorten, wo Andreas den Emmer gefunden hatte, über den Fundort des Dachses, bis hin zum Areal, in welchem der Saurier gesichtet worden war, fanden sich alle Merkwürdigkeiten der letzten Jahre wieder.

„Das ist ein Haufen Stoff, den wir abarbeiten müssen", stellte Thomas seufzend fest. „Wenn ich mir die Begrenzungen anschaue, dann haben sich alle Fremdlinge in fast gerader Linie zwischen den Portalen aufgehalten.

Ich vermute den Saurier noch in dem kleinen Wäldchen, an dessen Rand er den Jungen angefallen hat. Dort hat er Deckung und mit Sicherheit genügend Beutetiere."

„Stimmt", stellte Amy kurz fest. „Wir sollten Infrarotkameras installieren und abwarten, ob er uns wirklich vor die Linse kommt."

Dr. Winkler stimmte Amys Plan noch am selben Tag zu und packte ihnen zwei Kisten Technik in einen Jeep des Institutes.

„Du willst die Kinder doch wohl nicht bei Nacht in diesen Wald schicken?", rief Kara entsetzt.

„Ganz bestimmt nicht", erklärte Andreas, ihre Wange streichelnd. „Ich möchte nur, dass sie morgen alle nötigen Gerätschaften bei der Hand haben, um wirklich erfolgreich sein zu können. Sie werden kurz nach Tagesanbruch losfahren.“

„Das beruhigt mich“, murmelte Kara. „Thomas und du, ihr seid, wofür ich lebe.“ Dann nagte sie an ihrer Unterlippe.

Andreas horchte auf. Er kannte diese Eigenheit seiner Frau. Immer, wenn Kara einen Gedanken nicht aus dem Kopf bekam, biss sie sich auf die Lippe. „Was bedrückt dich?“, fragte er sofort.

„Weiß nicht“, Kara legte ihren Kopf an seine Schulter. „Ich habe Angst und so ein dummes Gefühl, als ginge im Augenblick nichts, wie es eigentlich sollte.“

„Angst vor den Portalen?“

„Auch. Besonders aber davor, dass dieser Camarque plötzlich vor mir stehen könnte.“ Kara erschauderte.

„Würdest du ihn denn erkennen?“

„Oh ja! Das würde ich! Diesen Geruch werde ich niemals vergessen!“ Karas Augen nahmen einen stählernen Glanz an.

Andreas nickte nur. Er wusste, dass sowohl Kara als auch Thomas wie Raubtiere Gerüche aufnehmen und speichern konnten. Und Kara, das war sicher, musste ihren Peiniger schon Meilen gegen den Wind wittern, falls dieser tatsächlich hier auftauchen sollte.

Am nächsten Morgen zelebrierten beide Mütter das altbekannte Ritual der Proviantübergabe. Sie drückten ihre Kinder fest an sich. „Passt auf euch auf!“

„Wir geben uns Mühe“, versprach Thomas und startete den Motor.

Man hatte wegen des frei herumlaufenden Sauriers sogar den Rücktransfer der Monsterkäfer verschoben. Die waren sicher unter Verschluss und konnten keinen Schaden anrichten.

„Hoffentlich ist es nur einer“, flüstere Kara besorgt. Dann folgte sie den Männern ins Labor, wo sie an einem Monitor den blinkenden Lichtpunkt des Fahrzeuges auf einer Landkarte verfolgen konnte.

„Wir sind angekommen“, meldete Amy nach rund einer Stunde. „Möglicherweise hat Thomas sogar Spuren des Raptors gefunden. Wir müssen noch abgleichen, ob diese nicht von einer Großtrappe oder Ähnlichem stammen.“

„Wobei das in dem Gebiet auch ungewöhnlich wäre“, entgegnete Andreas nachdenklich. „Ach! Ich bekomme die Daten gerade auf den Schirm! Bei den Krallen war es mit Sicherheit kein herumlaufender Vogel.“

Innerhalb der nächsten halben Stunde aktivierte Thomas mehrere Kameras, sodass vom Labor aus die Umgebung betrachtet werden konnte.

„Tatsächlich ein ideales Versteck für solch einen Winzling“, brummte John. „Ist dort irgendwo eine Lichtung?“

„Ja. Thomas ist bereits auf dem Weg dorthin“, antwortete Amy. „Wir haben drei Weitwinkelkameras dafür reserviert, damit wir das ganze Areal überschauen können.“

„Ahhh! Es geht schon los!“, freute sich Andreas. „Absolut perfekt.“

„Fertig“, ließ sich Thomas vernehmen. „Ich gehe jetzt zum Auto zurück, mache mit Amy Kaffeepause, dann fahren wir rüber nach Stonehenge, um die Pflanzenpopulation unseres Sorgenemmers zu besuchen. Stellt mal auf internen Funk um, hier stört irgendwas massiv den Handyempfang.“

John warf Andreas einen besorgten Blick zu. Das war bereits das zweite Mal, wo solche Beeinträchtigungen auftraten. Ausgerechnet dann, wo es um wichtige Informationen ging.

„Denkst du, wir werden überwacht?"

„Nichts ist unmöglich", schnaufte John. „Ich hasse ungebetene Mithörer und Mitwisser."

„Dito." Andreas wandte sich wieder dem Tagesprogramm zu, wobei er John nach drei Stunden eine Zwangspause verordnete.

Inzwischen hatte der auch eingesehen, dass Andreas' Unerbittlichkeit diesbezüglich besser für alle war, weil sich sein Alter an manchen Tagen mit Brachialgewalt bemerkbar machte. Dagegen, dass John in dieser Zeit in seiner Wohnung die Tagespost sichtete, hatte Andreas nichts einzuwenden.

Mit den Worten: „Wir haben was Seltsames bekommen", erschien John nach einer Stunde wieder.

„Wie seltsam?"

„Eine Bitte um ein persönliches Gespräch vom Boss einer kolumbianischen Minengesellschaft."

Andreas fasste nach dem Umschlag. „Vielleicht haben die Fossilien gefunden, die sie bestimmen oder bergen lassen wollen."

John zuckte mit den Schultern. „Na, das hätten sie aber mit ruhigem Gewissen reinschreiben können. Ich kann diesem Wisch nichts, aber auch gar nichts entnehmen."

Andreas las den Text mehrmals. „Ich auch nicht. Gibt es diese Firma überhaupt?"

„Finden wir es heraus", schlug John vor.

Nach wenigen Minuten Recherche stand fest, dass es tatsächlich eine Gesellschaft mit dem angegeben Namen und Firmensitz gab. Auch, dass es ein Büro in

Portugal gab, wie der Stempel auf der Rückseite des Umschlages preisgab.

„Weiß der Teufel, warum die so geheimnisvoll tun", grollte John.

Andreas zog die Stirn kraus. „Kriegsrat mit dem jungen Volk."

„Einverstanden." John legte das Schreiben auf den Tisch und beobachtete einige Minuten die Aufzeichnungen der Kameras. „Ruf mich, wenn die Kinder zurück sind. Ich muss mich ein Stündchen aufs Ohr legen."

Andreas schaute besorgt hinterher. Wenn sich John freiwillig hinlegte, und das tat er in den letzten Wochen öfter, dann war er wirklich mit der Kraft am Ende.

Es überraschte Andreas auch nicht, als Emilia auftauchte und fragte: „Gab es Ärger?"

„Nicht, dass ich wüsste. Ich habe das seltsame Gesuch im Verdacht." Er reichte ihr das Kuvert.

„Hm. In der Tat sehr ominös. Werdet ihr Lagebesprechung halten?"

„Das haben wir vor. Mir kommt das alles auch etwas seltsam vor."

Emilia legte den Brief an seinen Platz zurück. „Portugal und Spanien sind doch Nachbarn, wenn ich mich nicht irre?"

„Und da dachte ich, dass mir nur solche Gedanken durch den Schädel schießen!", rief Andreas. „Ich werde ziemlich auf der Hut sein, falls es zu diesem Treffen kommen sollte."

Thomas und Amy reagierten am Nachmittag ähnlich, befürworteten aber die Zusammenkunft. Wie sollte man sonst herausfinden, was der Kolumbianer wirklich auf dem Herzen hatte?

Um Zeit zu schinden, antwortete Andreas ebenfalls per Postbrief. Dabei hielt er sich genau so kurz angebunden, indem er nur Datum und Uhrzeit mitteilte, wo das Leitungsgremium des Institutes geneigt sei, den Gast zu empfangen.

Die Zusage kam in Form einer Mail, noch dazu so erstaunlich schnell, dass bei Andreas sämtliche Alarmglocken auf einmal läuteten.

Allerdings waren bis zum Tag X noch drei Monate Zeit, in denen man versuchen musste, den Saurier dingfest zu machen, um wenigstens eine Sorge vom Hals zu haben.

Kara entlastete die Männer, so gut es ging, indem sie stundenweise die Monitore beobachtete und dabei immer wieder den kleinen Raptor entdeckte, der sich ganz offensichtlich in dem Wäldchen heimisch fühlte.

Erstaunlich, was er an Beute in sein Versteck schleppte. Von Igeln, Hasen und Füchsen abgesehen, schien er auf Federvieh zu stehen, das er nur von Gehöften in der Umgebung gestohlen haben konnte.

Dies brachte Thomas auf die Idee, den flinken Burschen zu ködern, indem man ihm seine Lieblingsspeise frei Wald lieferte. Dass die Sache ganz am Ende für die Echse mehrere Haken in Form von Fallen haben sollte, verstand sich von selbst.

Thomas näherte sich beinahe lautlos der Stelle, an der sie den Raptor vermuteten. Die Kameras hatten ihn täglich mehrmals an diesem Ort gefilmt und die Männer waren sich einig, hier am ehesten des Flüchtigen habhaft zu werden.

Sie hatten ein Netz auf dem Boden unter Laub versteckt und diverse andere Lebendfallen installiert, ohne dass ihnen das schlaue Tier bisher in selbige gegangen wäre.

In Thomas' Rucksack steckte auch heute eine Box mit geschlachteten Hühnern, die er jetzt hervorzog und an den abgesprochenen Punkten verteilte.

Dabei achtete er darauf, dass sie nicht so einfach aufgesammelt, sondern mit etwas Gewalt gegriffen werden mussten. Soeben befestigte er ein Huhn mit Kabelbinder an dem Netz. Da stellten sich plötzlich seine Nackenhaare auf.

Schlaues kleines Kerlchen, dachte Thomas. Wo steckst du? Ich weiß genau, dass du mich beobachtest.

Er gab sich nun auch keine Mühe mehr, Geräusche zu vermeiden. Unwahrscheinlich, dass ihn der Saurier angreifen werde, wie er es mit Paul getan hatte.

Für einen Zwerg von nicht mal einem Meter Höhe war ein ausgewachsener Mann doch ein zu großer Happen. Das hieß aber nicht, dass es der Raptor nicht trotzdem versuchen werde.

Als der letzte Vogel an seinem Platz lag, verließ Thomas das Revier des Sauriers, um am Laptop im Auto die Kameras zu überwachen. Amy saß schon wie auf Kohlen.

„Er ist da."

„Ich weiß. Er hat wohl jede einzelne Bewegung von mir analysiert und überlegt gerade, wie er schnelle Beute machen kann, ohne uns in die Fänge zu geraten. Ich bin erstaunt, wie clever diese Geschöpfe wirklich sind."

„Diese offensichtliche Intelligenz ist, was mich erschaudern lässt", gab Amy zu. „Über die Spielfilme haben wir oft Witze gemacht, jetzt sitzen wir selber in einem ähnlichen Schlamassel. Klar ist es faszinierend, ihn bei seinen wohldurchdachten Aktionen zu beobachten. Trotzdem treibt es mir immer wieder Angstschauer über den Rücken. Schließlich ist das hier ein öffentlicher Ort und kein Hochsicherheitstestgelände."

„Da!" Thomas vergrößerte den Bildausschnitt. „Jetzt wird es interessant! Schau dir an, wie er sich außerhalb der Reichweite der Fallen hält! Der muss doch wirklich einen sechsten Sinn haben!"

„Das war's mal wieder", seufzte Amy, als sich der Raptor Augenblicke später mit einem der Hühner zurückzog, ohne im Käfig zu landen, der wirklich gut verborgen war. „In einer halben Stunde lösen uns deine Eltern ab."

Sie fasste nach dem Zündschlüssel. Nur zum Herumdrehen kam sie nicht mehr. An allen Fallen blinkte gleichzeitig der Alarm.

„Hä? Was ist denn nun los?" Thomas starrte auf die Monitore.

„Drei Treffer und vier Fehlalarme", erklärte Amy kurz. „Frag mich aber bitte nicht, was jetzt in unseren Käfigen sitzt. Ich glaube nicht, dass der Raptor dabei ist."

Mit Elektroschockern und einem Betäubungsgewehr bewaffnet, sprangen sie aus dem Fahrzeug und wanden sich durch das dichte Unterholz.

Thomas lachte. „Toll, wir haben drei Wildschweine gefangen!"

„Ich bin begeistert", kicherte Amy, die erste Tür öffnend, worauf das Schwein wie der Blitz im Wald verschwand. Das Zweite folgte genau so schnell.

Amy fasste nach dem dritten Hebel.

„Stopp!", schrie Thomas. „Da ist er!"

Tatsächlich. In der dritten Falle saßen eine Bache und der Raptor fest. Jeder quetschte sich in eine Ecke, um bloß nicht mit dem anderen in direkten Kontakt zu kommen. Offensichtlich waren die Tiere noch sehr verwirrt über die Geschehnisse. Beim Anblick der beiden Menschen begannen sie, nervös zu werden.

Thomas nahm das Gewehr von der Schulter, lud es mit dem Betäubungsmittel, welches er ganz unspektakulär dem Saurier verpasste. Kaum lag der bewegungslos, öffnete Amy die Falle, um die Wildsau in die Freiheit zu entlassen. Quiekend rannte das Tier davon. Sofort schloss Amy die Klappe wieder, während Thomas bereits zu Hause anrief, um den Fang zu melden.

„Ich bin in zehn Minuten bei euch!", rief Andreas, warf sich in den Kastenwagen des Institutes und fuhr mit kreischenden Reifen los.

Die beiden jungen Leute bauten inzwischen die anderen Fallen ab, stellten sie transportfertig bereit und holten ihr Auto, um die teure Technik in den Kofferraum zu laden. Da tauchte auch schon Dr. Winkler auf.

„Gute Arbeit! Meine Güte, das ist ja wirklich ein Prachtexemplar!"

Zu dritt hoben sie den Käfig auf die Ladefläche, deckten ihn ab und verzurrten alles sicher für den Transport. Zuletzt verschwanden die großen Gitterteile noch mit im Laderaum, dann beeilten sie sich, ihre Beute in den Hochsicherheitstrakt des heimischen Labors zu bringen.

John und die Frauen empfingen die siegreichen Jäger mit neugierigen Blicken. Sie folgten ihnen auch in den Laborkeller, blieben aber hinter der Panzerglaswand zurück, die den Sicherheitsbereich abschloss.

Andreas hatte John gebeten, ebenfalls hierzubleiben, weil das Tier vorzeitig aufwachen und angreifen konnte. Der Seniorchef hatte sich widerwillig gefügt, aber eingesehen, dass er in diesem Fall rein körperlich nichts gegenzusetzen habe und den anderen nur im Wege sei, falls man denn Waffen einsetzen müsse.

Im Augenblick lag der Raptor noch im Tiefschlaf. Andreas entnahm ihm Blut, während Thomas fotografierte, bis fast die Linse glühte. Amy überwachte die Vitalfunktionen des Tieres, um zeitig genug warnen zu können, wenn es Anzeichen gäbe, dass es aufwachen könne.

Weil etwas Zeit blieb, vermass Andreas gleich noch die ganze Echse akribisch, stanzte eine kleine Gewebeprobe aus dem Schwanz des Tieres und bereitete den Zeitgenerator für den Rücktransport vor.

In diesem Fall war es unerheblich, ob man sich um 100 oder 200 Jahre vertat. Hauptsache war, dass der Gast aus einer fremden Zeit wieder auf Artgenossen treffen konnte.

Amy hielt die Luft an, als sich das Portal aufbaute. Es war wohl mehr dem Zufall zuzuschreiben, dass dies nicht irgendwo über einem Meer passierte, wie es in jener Zeit schon einmal vorgekommen war. John blies ebenfalls deutlich hörbar die Luft aus.

Andreas öffnete das Tor erst, als der kleine Saurier wieder fest auf seinen Beinen stand. Kaum roch er die frische Luft, rannte er davon, dass es nur so auf dem sandigen Boden stiebte.

„Weg ist er", freute sich Thomas. „Hoffentlich sind damit alle Katastrophen beendet."

„Dein Wort in Gottes Gehörgang", murmelte Andreas. „Ich schaue mir gleich noch die Filme von seiner Ergreifung an."

„Ergreifung klingt gut!", kicherte Amy. „Wir haben wohl eher buchstäblich Schwein gehabt."

„Wie das?", fragte John.

Die jungen Leute lachten. „Ach, seht euch doch einfach die Videos an."

Ein paar Minuten später feixten auch Andreas und John.

„Unser kleiner Freund wollte wohl seine Hühner vor den gefräßigen Konkurrenten schützen und hat in der Hitze des Gefechtes jegliche Vorsicht vergessen. Sieht echt lustig aus, wie er und das Schwein frustriert im Käfig hocken."

„Vorsicht ist das Stichwort", sagte Amy zögernd. „Kam es mir nur so vor oder bildete sich wirklich eine Art Luftstrudel, als das Zeitfenster aufging?"

„Exakt beobachtet", bestätigte Andreas. „Richtung Zukunft bildet sich ein Sog, von der Vergangenheit drückt es uns entgegen."

„Gut, zu wissen." Amy warf dem Generator hinter der Panzerglasscheibe einen interessierten Blick zu. „Wenn es nach mir ginge, hätten die Käfer in den nächsten Minuten den Weg in die andere Richtung."

„Wenn es nur nach uns ginge, dann würden wir dir den Wunsch sogar erfüllen", sprach John. „Leider wissen wir nicht, was geschähe, öffnete man so kurz hintereinander zwei Portale. Vor allem, weil sie gegenläufig gepolt wären, könnten es erhebliche Probleme in der realen Welt geben."

„Reale Welt", kicherte Thomas. „Sind die anderen Welten denn nicht real?"

„Oh, ha, jetzt wird er spitzfindig." Andreas kratzte sich am Ohr. „Sie sind real. Wir haben uns intern darauf geeinigt, unsere Zeitebene als die reale und die anderen als Nebenwelten zu bezeichnen."

„Wobei es durch den Gebrauch des Generator schon passiert sein könnte, dass sich unsere Zeitebene geändert hat?", hinterfragte Thomas.

„Auch richtig", gab John zu. „Man sollte mit solchen Dingen nicht leichtfertig spielen."

„Also bleiben die Käfer noch eine Weile hier, wenn ich das jetzt richtig deute", sagte Amy resigniert.

John und Andreas nickten. Thomas zog sie in die Arme.

„Kopf hoch! Das Portal hat funktioniert und keinem von uns ist dabei etwas geschehen. Wir haben den kleinen Raptor gefangen und dahin geschickt, wo er fleißig für Nachwuchs sorgen kann. Was willst du mehr für einen Tag?"

Der Blick, den ihm Amy daraufhin schenkte, ließ ihn verstummen. Der Saurier war wohl heute nicht der Einzige, der bei seinem Weibchen heftig gefragt wäre.

Mo(me)ntane Probleme

Amy ging auch sofort nach dem Abendbrot so eindeutig auf Kuschelkurs, dass John laut überlegte, ob es nicht besser sei, für die beiden die leer stehende Dienstbotenwohnung auszubauen.

Thomas schaute überrascht auf, während Amy begeistert nickte. Zwei kleine Zimmer mit Küche und Bad genügten für den Anfang zum Glücklichsein.

„Das ist eine Frage der Freizeit", dämpfte er Amys Euphorie. „Ich schaffe es im Augenblick nicht, auf vier Hochzeiten gleichzeitig zu tanzen."

Amy seufzte. Thomas hatte ja recht. Beide waren, seit sie ihre Diplome bekommen hatten, fest bei seinem Vater eingestellt und studierten nebenbei weiter, um irgendwann fähig zu sein, die Forschungen ihrer Väter fortzuführen.

Zudem bereitete sich Thomas auf die nächsten Kung-Fu-Meisterschaften vor. Alle wussten, wie sehr er an diesem Sport hing, und keiner hätte verlangt, dass er gerade dort Zeit sparen solle.

John bekam von Emilia ein Zeichen mit den Augen, worauf er erklärte: „Wer sagt denn, dass wir immer alles selber machen müssen? Wozu gibt es Handwerker auf dieser Welt?

Ich kann eh nicht körperlich zufassen und ihr habt alle Wichtigeres zu tun, als hier die Maurerkelle zu schwingen. Morgen gebe ich Sam den Auftrag, sich mit seinen Männern um den Ausbau zu kümmern. Fertigstellungstermin in genau zwei Wochen. Punkt."

Dann grinste er den völlig verblüfften Thomas breit an. „Wirst trotzdem auf vier Hochzeiten tanzen müssen. Ich ziehe mich aufs Altenteil zurück, weil einfach die Luft raus ist. Der Chef", er zeigte schmunzelnd auf Andreas, „hat ab sofort einen untergeordneten Juniorchef, zu dem ich dich, Kraft meiner Befugnisse, hiermit ernenne."

„Und Amy?", fragte Thomas irritiert.

„Ist informiert und hat selbst so verfügt", bekam er von ihr die Antwort. „Du hast mehr Überzeugungskraft, einen Geschäftspartner dahin zu lenken, wo du es für richtig hältst. Ich werde mich um die Finanzen kümmern."

„Das heißt, du wirst mit deinem Vater das Problem des Kolumbianers in Angriff nehmen müssen. Was gleichbedeutend mit deinem vierten Tanz wäre." John nickte in die Runde. „So, ich bin ab soeben Pensionär."

„Das hast du dir aber auch redlich verdient", waren sich die anderen einig.

Thomas wusste nicht recht, ob er lachen oder weinen sollte. Einerseits ehrte es ihn sehr, in so jungen Jahren zum zweiten Boss eines weltweit anerkannten Unternehmens zu avancieren. Andererseits schockte ihn diese Tatsache.

„Der Posten steht dir gut", schmunzelte Amy, sich an seine Schulter lehnend.

Kara war glücklich. Ihr Sohn ein studierter Mann, sein Ansehen stieg mit dem heutigen Tag in Höhen, wogegen ein Sippenanführer ihrer alten Welt geradezu lächerlich wirkte.

Erst tief in der Nacht kam Amy dazu, sich zu holen, worauf sie sich schon den ganzen Abend gefreut hatte. Thomas genoss es, wie sie mit den Fingerspitzen über seine Haut huschte, an seinem Ohrläppchen knabberte und ihre festen Brüste an seinen Körper presste.

Das Summen seines Handys ließ beide erschreckt auf-
fahren. Sehr widerwillig fasste Thomas nach dem
Gerät. Am liebsten hätte er es einfach ausgeschaltet.
Amy schaute über seine Schulter.

„Dein Vater? Was will er denn um diese Zeit?"

„Ich schätze, das wird er uns gleich sagen." Thomas
drückte die Rückruftaste.

„Hi! Tut mir leid, wenn ich euren Schlaf störe, aber in
Rileys Büro ist eingebrochen worden", hörten sie Andreas' Stimme.

„Was haben die Diebe mitgehen lassen?", fragte Thomas sofort.

„Nichts, weil sie den Tresor weder auf noch aus seiner Verankerung bekamen."

„Wir sind in fünf Minuten im Labor", erklärte Thomas, während er schon aus dem Bett sprang und in
seine Kleidung schlüpfte.

Amy beeilte sich ebenfalls, Jeans und Pulli überzu-
streifen. Fast zeitgleich mit Dr. Winkler kamen sie vor
der Tür der Luftschleuse an.

Ein paar Minuten später hatten sie Riley auf dem
Schirm. In seinem Büro sah es aus, wie nach einem
Bombenschlag. Die Einbrecher hatten buchstäblich das
Unterste zu oberst gekehrt und waren am Ende mit lee-
ren Händen abgezogen.

„Gab es in den letzten Wochen irgendwelche ungewöhnliche Vorkommnisse?", wollte Andreas wissen.

„Wie man es nimmt", seufzte der Physiker. „Man hat
es ja immer wieder mit Verrückten zu tun. Ein südame-
rikanischer Minenbesitzer nervt mich seit zwei
Wochen. Beinahe täglich ruft er an und bittet um ein
Treffen."

„Was?" Andreas sprang auf. „Hat der ein Europabüro in Portugal?"

Riley fasste sich an den Kopf. „Hat er. Jetzt sag bloß, du kennst den penetranten Kerl!"

„Noch nicht, wir werden ihn in ein paar Tagen aber kennenlernen." Andreas wechselte besorgte Blicke mit Thomas und Amy. „Wir waren davon ausgegangen, er habe Fossilien in seiner Mine entdeckt."

„Ach was?! Ihr habt also auch keinen Hinweis auf sein tatsächliches Anliegen bekommen. Ich dachte an magnetische Anomalien. Weshalb hätte er sich sonst an einen Physiker wenden sollen?" Riley wirkte ratlos. „Was hält John von der Sache?"

„Er tappt genau so im Dunkel wie wir", erklärte Andreas. „Er hat sich gestern übrigens endgültig aus dem Geschäft zurückgezogen. Du wirst es ab sofort nur noch mit mir, Thomas und Amy zu tun haben. Thomas hat er zu meinem Stellvertreter ernannt, Amy managt die Finanzen."

„Fantastisch. Dann auf gute Zusammenarbeit!" Riley freute sich aufrichtig. Hatte er doch schon befürchtet, John werde irgendwelche aufgeblasenen Schlipsträger mit ins Boot holen, bevor er das Steuer endgültig aus der Hand gab.

„Wir haben noch eine gute Nachricht für dich", verriet Thomas. „Die Eidechse ist gestern durchs Gartentor gekrochen."

Der Physiker blinzelte zum Zeichen, dass er verstanden habe. „Ja, der Garten hat es in diesem Jahr wirklich in sich. Ich bin heilfroh, dass es im Augenblick wenig Unkraut gibt. Vielleicht sind das erste Erfolge der Bekämpfung."

„Hoffen wir auch", lachte Thomas. „Manchmal kann das Jäten ziemlich mühsam ein."

„Besonders wenn das Unkraut fast einen Meter hoch ist", kicherte Riley verschmitzt. Dann schaute er auf die Uhr. „Bis später. Ich komme zum Frühstück rüber. Hebt mir ein Croissant und einen Schluck Kaffee auf."

Zwei Stunden später bekam er nicht nur das gewünschte Croissant, sondern ein regelrechtes Verwöhnfrühstück. Die drei Frauen boten alles auf, was die Vorratskammern hergaben.

Riley strahlte mit der aufgehenden Sonne um die Wette. Er genoss den Frieden im Hause Helmbrecht/Winkler. Ihm selber waren im Lauf der letzten Jahre mehrere Frauen davongelaufen, weil sie es nicht ertragen konnten, wenn er mitten in der Nacht aus dem Bett sprang.

Dabei tat er das nur, wenn er geniale Ideen hatte, die er sofort in seinen Arbeitsräumen in die Tat umsetzen musste. Nur kam das eben, sehr zum Leidwesen der Damen, überdurchschnittlich oft vor.

Hier zügelte er seine wissenschaftliche Neugier bis nach dem Essen, um den drei Damen des Hauses nicht die Laune zu verderben.

Die Antworten auf die Fragen zum Befinden seiner Freunde holte er sich durch unauffälliges Beobachten.

Kara hatte noch ein paar Fältchen mehr bekommen, sie trug eine Gleitsichtbrille und das immer weißer werdende Haar akkurat frisiert. Selbst das leichte Zittern ihrer Hände war ihm nicht entgangen. Mann und Sohn reagierten auf den leisesten Wink von ihr.

Ähnlich sah es bei den Helmbrechts aus, nur dass die zwei zu eins Verteilung anders lief. Beide Elternteile waren schon recht betagt und Amy kompensierte das, ohne lange nachzufragen.

Möglich, auch hierin einen Grund zu sehen, überlegte Riley, dass Amy Thomas den Vortritt gelassen hatte, als es um die Neuverteilung der Posten im Institut ging.

Andererseits wäre sie nie auf die Idee gekommen, die erfolgreiche Sauriermission aus dem Stegreif in eine harmlose Gartenunterhaltung zu packen.

Riley folgte ihnen in die Sicherheitszone. Hier ließ er sich als Erstes die Videos über Fang und Zeitreise des Raptors zeigen. „Ich bin echt stolz auf unser Gerät“, verriet er mit behaglicher Miene. „Das war ja schon fast perfekt.“

„Wenn die seltsamen Störgeräusche nicht immer wären, kaum dass man mit einem Alien arbeitet“, warf Thomas ein. „Mir will der Gedanke nicht aus dem Schädel, dass wir überwacht werden. Denn immer genau zum direkten Kontaktzeitpunkt treten Rauschen und Verzerrungen auf.“

Der Physiker wiegte langsam den Kopf. „Wir haben ganz zu Anfang unserer Tests auch das Phänomen des Rauschens gehabt. Das gibt sich, wenn man innerhalb einer Zeitebene bleibt, beim Zweitkontakt.“

„Ganz sicher?“, fragte Thomas.

„Hundertprozentig!“, rief Riley. „Sonst müsste es in Gegenwart deiner Mutter permanent Störungen geben.“

„Auch wahr.“ Thomas grinste breit.

Riley lachte hellauf. „Ich sehe dir an der Nasenspitze an, was dir gerade durch den Kopf geht. Bei euch sind Frauen eindeutig keine Störfaktoren. Da machen speziell die Mütter ganz sicher keine Ausnahme.“

Amy drohte Thomas gespielt entrüstet mit dem Finger. „Komm du mir heute nach Hause!"

Der hatte im nächsten Augenblick direkt auf Dienst umgeschaltet und Riley das Schreiben des Minenbesitzers in die Hand gedrückt.

„Juan Santos – so heißt dort jeder Vierte", schnaufte der schließlich. „Ein völliger Wischi-waschi-sagt-nix-Brief."

„Baut er Kohle ab, schürft er nach Gold, sucht er Edelsteine?", ließ sich Amy vernehmen. „Offiziell haben wir nur Kohlebergwerke mit diesem Namen in Verbindung bringen können. Und es ist blutige Kohle", fügte sie düster hinzu.

„Hab nichts anderes erwartet", winkte Riley ab. „Ich werde den Kerl bis nach eurem Treffen vertrösten."

Der *Kerl* fuhr ein paar Tage später im Bugatti Veyron Supersport vor.

„Rund zwei Mille und der zweitschnellste Wagen der Welt", flüsterte Thomas, der sich mit Luxusschlitten fast so gut wie mit Tieren auskannte.

„Hebt mich nicht an", raunte Amy zurück und begrüßte den ungewöhnlichen Gast professionell aber merklich unterkühlt.

Andreas stellte ihm die Führungsriege des Institutes vor und bat ihn in den Salon im Erdgeschoss der Villa.

Kara hatte, hinter der Gardine versteckt, den Auftritt des Geschäftsmannes beobachtet. Nun eilt sie zu den Helmbrechts hinunter, weil sie ein mulmiges Gefühl quälte.

„Hab Vertrauen", tröstete John. „Andreas und Thomas werden die richtigen Entscheidungen treffen."

„Glaube ich dir alles", seufzte Kara. „Mir ist das auffällige Gehabe dieses Mannes suspekt. Ist er wirklich der, der zu sein vorgibt? Er erinnert mich an Jenen, der mich in meiner alten Welt an einen Pfahl fesseln ließ, um mich dem Bären zu opfern."

John zog das Handy aus der Tasche. „Kara hat Vorahnungen", tippte er ein und schickte die SMS an Thomas. Der trug, wie jeder hier wusste, eine Multifunktionsuhr, welche nicht hörbare Vibrationen an ihren Träger abgab, statt lautstark auf sich aufmerksam zu machen.

Kaum hatte Thomas die Nachricht erhalten, legte er, wie zufällig, die rechte Hand auf seinen linken Jackettärmel und ließ zwei Mal den kleinen Finger wippen. Amy und Andreas waren gewarnt.

Momentan pflegte man noch Small Talk zu allen möglichen Themen, wobei Señor Santos immer wieder anklingen ließ, wie wohlhabend er sei.

Dabei betrachtete er Amy mit Blicken, für die ihm Thomas am liebsten den Hals umgedreht hätte. Äußerlich blieb er ganz ruhig und selbst sein Vater hatte keine Ahnung, dass bereits Alarmstufe Rot herrschte.

Amy biss die Zähne aufeinander und versuchte die plumpe Anmache zu ignorieren. Zuhälter passt eher, als Chef eines Bergbauunternehmens, rumorte es in ihren Gedanken. Sie war froh, sich für einen Hosenanzug, statt ein Kostüm, entschieden zu haben.

Andreas brachte schließlich das Gespräch auf den Punkt, indem er direkt fragte: „Welchem Umstand verdanken wir die Ehre Ihres Besuches?"

Der Gast räusperte sich, setzte ein verbindliches Lächeln auf und entgegnete. „Ich möchte mein Goldmine zeitlich besser nutzen."

Andreas zog die Augenbrauen zusammen. „Ihnen ist bekannt, dass dies ein naturwissenschaftliches Institut mit vorwiegend anthropologischer und botanischer Ausrichtung ist?"

„Natürlich. Das heißt aber nicht, dass Sie nicht auch in andere Richtungen forschen."

„Bergbau betreffend, haben wir leider nur so lange Kompetenz, soweit es das Entstehen, Aufspüren und Bergen von Fossilien betrifft", entgegnete Andreas kühl.

Santos lächelte sphingenhaft. „Wie ich schon sagte, es geht um Gold."

„Rein akustisch habe ich das auch verstanden", erklärte Andreas. „In welcher Form erwarten Sie Hilfe von uns und vor allem wobei?"

„Ich möchte ganz einfach eher als alle anderen die Rechte an gewissen Minen erwerben, beziehungsweise sie ausbeuten, bevor andere überhaupt merken, dass es dort etwas zu holen gibt." Santos lehnte sich zurück und schlug die Beine übereinander. „Sehr viel eher als alle anderen."

„Mit der Vergabe von Schürflizenzen in Kolumbien haben wir so viel zu tun, wie eine Schildkröte mit dem Fliegen", erwiderte Andreas, der langsam ahnte, welche Wendung das Gespräch gleich nehmen werde.

„Professor Doktor Winkler, ich will Ihre Zeitmaschine kaufen", platzte Santos mit lauerndem Blick heraus.

Andreas brach in schallendes Lachen aus. „Señor Santos, bei uns können Sie das Know-how zur Präparation urzeitlicher Geschöpfe bekommen, aber keine Hirngespinste."

Santos machte eine wegwerfende Handbewegung. „Wäre ich hier, wenn ich nicht sicher wüsste, dass Sie über die entsprechende Technik verfügen? Wie viel wollen Sie? Fünf Millionen? Zehn? Ich zahle den Preis.“

Andreas wurde ernst. „Offensichtlich glauben Sie an die Ammenmärchen von den Zeitreisen.“

„Mein Geschäftspartner bei Burns & Cameron Future Trust in Spanien tut es. Er gab mir auch den Tipp, mich an Sie zu wenden“, antwortete der Kolumbianer betont langsam, Andreas sehr genau beobachtend.

Der zuckte so heftig zusammen, dass Thomas den Kopf hob und das kurze Flackern im Blick seines Vaters sehen konnte.

„Ah! Ich glaube, jetzt nehmen Sie mich endlich ernst“, grinste Santos süffisant.

„Das lässt sich leider nicht leugnen“, stieß Andreas hervor. „Hat Ihr Geschäftspartner zufällig auch einen Namen?“

„Aber selbstverständlich!“ Santos lachte meckernd. „Nur sind Namen Schall und Rauch. Zutreffende Informationen kann ich mir präziser merken.“

„Bruno Camarque lässt grüßen“, stellte Andreas sarkastisch fest.

„Das hat er mir ausdrücklich verboten.“ Santos hatte Mühe, sich das Lachen zu verbeißen.

Amy stieß mit dem Fuß immer wieder Thomas an, was mahnte: Halt dich bloß im Zaum, auch wenn es jetzt besonders schwerfällt.

„Am liebsten hätte ich das Geschäft mit Bruno direkt und allein gemacht. Nur ist sein Gerät nicht so ausgefeilt, nicht so sensibel – schlicht, es nutzt mir nichts“, fuhr Santos fort. „Ach, wissen Sie eigentlich, warum Sie mich nicht per Fußtritt hinausbefördern? Weil Sie es sich nicht leisten können, wenn das Militär auf Ihre Erfindung aufmerksam wird!“

„Leider auch wahr", gab Andreas sofort zu. „Dabei wäre der Fußtritt eine viel zu sanfte Methode."

„Jetzt gefallen Sie mir schon viel besser!", kicherte Santos. „Seien Sie vernünftig – ich biete Ihnen Geld, mit dem Sie zehn neue Zeitmaschinen bauen könnten."

„Damit noch mehr solche Irre, wie Sie, kommen?"

„Geschenkt!" Santos erhob sich. „Vielleicht werden Sie ja doch noch einsichtig. Wundern Sie sich nicht, wenn bis dahin seltsame Dinge geschehen. Sie verstehen sicher, was ich meine. Ich habe die Ehre, meine Herrschaften."

Er deutete eine spöttische Verbeugung an und stolzierte geradenwegs zu seinem Boliden.

„Dreckskerl", zischte Thomas, kaum dass das Auto vom Hof gefahren war.

„Du hast dich erstaunlich gut unter Kontrolle gehabt", lobte Andreas.

„Dank Amy." Thomas schob das Hosenbein hoch und zog die Socke etwas herunter. Ein großer blauer Fleck kam zum Vorschein. „Ich hätte ihm gern einen Knoten in seinen dürren Hals gemacht!"

Amy schluckte.

„Ist mit dir alles o. k.?", wandte sich Andreas an sie.

Amy schloss die Augen. „Ich glaube, ich muss mich übergeben. So ein Ekel!"

„Das trifft den Nagel mitten auf den Kopf. Was für eines er ist, werden wir sicher in wenigen Stunden merken", erklärte Andreas, sich nervös mit den Fingern durchs Haar fahrend. „Intensivtraining!", ordnete er an, zum Keller deutend.

Alle drei zogen sich kurzerhand weiße Seuchenschutzanzüge über, nachdem sie ihre Geschäftsanzüge über die Bürostühle gehängt hatten.

Andreas holte den Zeitmanipulator aus dem Tresor und wies sie detailliert in den Gebrauch ein. Anschließend informierte er Riley über den Ausgang des Gespräches.

„Unser Physiker dürfte zwei baugleiche Geräte bereits fertig haben", verriet er flüsternd.

„Mich wundert, dass Santos so direkt auf sein Ziel losgegangen ist", murmelte Thomas mehr für sich.

Andreas hob die Hände. „Er hat mit Camarque einfach keine guten Karten. Wenn der den fehlerhaften Generator einsetzt, kommt Santos möglicherweise nie mehr an sein Gold. Nicht mal an das in unserer Zeit."

„Welch erhebender Gedanke!", platzte Thomas lachend heraus.

Psychokrieg

Die vorausgesagten Probleme stellten sich schon drei Tage später ein. Gelber zäher Nebel waberte über die Britischen Inseln.

Kara entdeckte ihn als Erste. Sie war morgens ans Fenster getreten, um zu lüften, und mit einem Entsetzensschrei zurückgeprallt. Genauso hatte es im Wald ausgesehen, bevor sich das Tor in eine neue Zeit für sie öffnete! Wer sagte denn, dass ein anderes Tor sie jetzt nicht zurückwerfen konnte?

Andreas hatte unglaubliche Mühe, seine Frau zu beruhigen. Er hegte schließlich die gleichen Befürchtungen. Das machte es ihm auch nicht gerade leicht, die richtigen Worte zu finden.

Auch die optischen Täuschungen, die sie schon einmal erlebt hatten, traten auf. Von vertikalen Wellenringen in der Luft bis zu sich dem Betrachter entgegenwölbenden Blasen war alles dabei.

Die vier, die das aus den Erzählungen von Kara und Andreas kannten, klebten buchstäblich an den Fensterscheiben. Thomas schaltete das Radio an, um die Reportagen sämtlicher Sender anzuhören. Im Königreich herrschte allgemeine Ratlosigkeit.

Gegen Mittag endete der Spuk plötzlich. Dafür meldete sich Riley. „Hi, alle miteinander! Bruno ist offensichtlich weiter, als ich für möglich hielt."

„Das war unübersehbar", gab Thomas zurück. „Hast du ihm gerade die Tour vermasselt?"

„Ich war so frei", gab Riley kichernd zu. „Mein Brechreiz weißt du …"

„Tolle Erklärung."

Riley grinste in die Kamera. „Kann mich lebhaft erinnern, dass deinen Eltern auch der Mageninhalt auf der Zunge hing, als sie das zum ersten Mal erlebten."

„Schon gut. Musst nicht ins Detail gehen." Thomas winkte ab. „Was wird wohl als Nächstes kommen?"

„Keine Ahnung, was das kranke Hirn ausbrütet! Ich möchte nur wissen, wo die Kerle stecken. Spanien ist zu weit weg, um uns solchen punktgenauen Ärger machen zu können."

Amy kratzte sich am Ohr. „Könnte es so eine Art Wurmlöcher durch die Zeit geben?"

Riley schaute sie verblüfft an. „Auszuschließen ist das nicht. Andreas ist in Deutschland verschwunden und in England später wieder aufgetaucht. Ich halte Camarque aber nicht für clever genug, um solch ein Loch sinnvoll nutzen zu können."

„Auch dürfte das seine Zeitmaschine kaum hergeben", warf Andreas ein. „Der wird nicht selber daran weitergearbeitet, stattdessen überall nur geklaut haben."

„Nichtsdestotrotz kann er uns damit einen Haufen Scherereien machen", schnaufte Thomas.

„Ich habe nur Angst vor Tieren, die hier nicht hingehören", erklärte Amy. „Die Sache mit dem Dachs und den Raben war so was von gruselig. Vom Raptor ganz zu schweigen."

„Wird wohl alles auf Brunos Testkonto gehen", überlegte John laut, wofür er ungeteilte Zustimmung erhielt.

Riley setzte sich sofort nach dem Gespräch ins Auto, um pünktlich zum Mittagessen an Andreas' Tür zu klingeln.

„War ja klar", schmunzelte Kara, auf das siebente Gedeck zeigend.

Amy brachte ihm Mineralwasser, während Emilia schon den Teller füllte. Riley strahlte die Frauen an und ließ es sich schmecken.

Niemand nahm übel, wenn er immer wieder zum Essen vor der Tür stand. Im Gegenteil, seine Freunde betrachteten ihn als eine Art Maskottchen, das sie vermissten, wenn es mal nicht da war. Riley revanchierte sich mit besonders seltenen Weinen, die er immer wieder auftrieb.

„Allein schmeckt er nicht", pflegte er stets zu sagen, wenn er wieder ein mehrfach schutzverpacktes Kistchen aus dem Kofferraum hob.

Den Nachmittag verbrachten Andreas, Riley, Thomas und Amy im Hochsicherheitsbereich des Labortraktes, um auszuschließen, abgehört zu werden.

„Gibt es wirklich keine Chance, herauszubekommen, von wo genau der andere Zeitgenerator eingesetzt wird?", fragte Amy.

„Keine", entgegnete Riley. „So weit sind wir noch lange nicht mit unserer Technik. Ich kann nur die Wirkung des zweiten Gerätes neutralisieren. Ich vermute aber, dass sie aus einem Fahrzeug heraus agieren."

Der Physiker wollte noch etwas hinzufügen, wurde aber unterbrochen, weil Kara ins Labor kam. Mit den Worten: „Schaut euch das mal an!", legte sie zwei winzige reife Äpfel auf den Tisch.

„Ach du grüne Neune!" Andreas fasste nach dem Obst. „Das habe ich befürchtet! Nach dem Einsatz der Geräte ist immer mit Nebenwirkungen zu rechnen. Hoffentlich gibt es keine weltweite Katastrophe!"

„Alle Blätter der Obstbäume sind gelb geworden", fügte Kara noch erklärend hinzu.

Riley kratzte sich verlegen am Kopf. „Lasst uns zu den Bauern in der Umgebung fahren und nachschauen. Es wäre in der Tat fatal, reiften plötzlich überall nicht ausgewachsene Früchte."

Thomas hegte noch eine ganz andere Befürchtung. Was, wenn es bei Mensch und Tier zu Fehlgeburten und Missbildungen käme?

Er begab sich mit Riley und Amy auf die Suche, während Andreas mit Kara im Labor die Äpfel akribisch analysierte, um alle Unterschiede zu ausgewachsenem und natürlich gereiftem Obst festzustellen.

Zu jeder halben Stunde gab Amy den Lagebericht ans Labor weiter. Demnach hatten wenige Kilometer hinter Helmbrecht-Cottage alle Pflanzen wieder natürliche Belaubung und Früchte im normalen Reifezustand.

„Wo verstecken sich diese verdammten Mistkerle", fluchte Riley. „Wenn das Phänomen so eng begrenz ist, dann müssen sie ganz in der Nähe sein. Anders kann ich es mir nicht erklären. Lasst uns umkehren, die haben es wirklich nur auf uns abgesehen."

„Schlimm genug", murmelte Amy. „Ich bekomme Angstzustände, wenn ich daran denke, dass wir plötzlich im Mittelalter landen könnten." Dass ihr Inquisition und Hexenverbrennungen im Kopf herumspukten, wollte sie lieber nicht laut äußern.

Riley blieb noch bis zum Abendbrot und richtete es sich schließlich im Gästezimmer der Helmbrechts für die nächsten Tage häuslich ein. Er fühlte sich allein sehr verletzlich und auch die anderen hatten es für besser befunden, wenn jetzt alle als geballte Macht agierten.

Der nächste Angriff kam schon vier Tage später. Amy sammelte, von Thomas bewacht, in einem der Gewächshäuser Blattproben für neue Analysen ein.

Hin und wieder reichte sie ihm das Material, um beide Hände freizuhaben. Thomas steckte die Pflanzenteile in Reagenzgläser, die er sofort verschloss, und notierte alle relevanten Daten.

In der Mitte des langen Beetes richtete sich Amy auf, um einen Augenblick zu verschnaufen. „Thomas! Wo bist du?", rief sie ängstlich, weil sie ihn nirgends entdecken konnte, obwohl er vor einer Sekunde noch neben ihr gestanden hatte.

„Wie?", hörte sie seine völlig erstaunte Stimme genau vor sich. Schließlich schaute sie ihm direkt ins Gesicht. Dachte Thomas. Dass etwas nicht stimmte, merkte er sofort, als Amy mit beiden Händen in die Luft und eine völlig falsche Richtung griff.

„Lass den Unsinn! Wo bist du???" Ihre Stimme klang panisch.

„Ich bin doch genau vor dir", antwortete Thomas und Amy sah aus dem Nichts seine Hand auftauchen.

In einem Reflex fasste sie zu und zerrte mit aller Kraft daran. Thomas kam aus dem Gleichgewicht, stolperte und riss sie mit zu Boden. Die Reagenzgläser zerbrachen, wobei sie beide mit einem Scherbenregen zudeckten.

Amy krallte ihre Finger in Thomas' Jacke und begann herzzerreißend zu schluchzen. Je mehr er versuchte, sie zu beruhigen, umso heftiger weinte sie. Schließlich wusste er sich keinen Rat mehr und rief per Handy seinen Vater zu Hilfe.

Allein hätte er es wohl auch nicht geschafft, sich aus Amys Klammergriff zu befreien. Selbst Andreas hatte Mühe, ihre Finger zu lösen.

Gemeinsam hoben sie Amy hoch und Thomas trug sie ins Haus, wo er sie erst einmal auf das breite Sofa im Foyer bettete. Die anderen hatten schon dort gewartet und standen mit betretenen Gesichtern neben Amy, die sich gar nicht mehr beruhigen wollte.

John nickte Thomas zu, holte eine Ampulle aus dem Labor und injizierte seiner Tochter ein Beruhigungsmittel.

„Was ist eigentlich passiert?“, fragten alle durcheinander.

„Ich weiß es nicht“, entgegnete Thomas unsicher. Er beschrieb, wie seltsam sich Amy plötzlich benommen hatte und was das Ende vom Lied gewesen war. „Was sie gesehen oder nicht gesehen hat, kann ich euch beim besten Willen nicht erklären. Dafür ging alles viel zu schnell.“

Es dauerte fast eine Viertelstunde, bis sich Amys rasender Herzschlag wieder beruhigte. Thomas saß neben ihr, streichelte ihre Hand und wartete mit den anderen geduldig darauf, dass sie vielleicht Licht ins Dunkel bringen werde.

„Es hat ihn einfach verschlungen“, flüsterte sie schließlich ohne Zusammenhang.

„Wer hat wen verschlungen?“, fragte John sofort.

„Das Tor. Das Tor hat Thomas verschlungen. Er war da, aber er war auch nicht da. Ich konnte ihn hören, aber nicht sehen“, hauchte Amy. „Er war weg – einfach weg! Auch das halbe Beet fehlte. Alles endete im Nichts.“

„Wie im Nichts?“ Riley zog die Augenbrauen zusammen.

Amy setzte sich auf. „Genau vor mir endete alles — das Beet, das Glashaus, der Weg zwischen den Pflanzen. Einfach so. Da war nichts mehr.“ Sie seufzte. „Wie abgeschnitten und nichts mehr dahinter … Nicht mal Horizont, wie hinter dem Meer. Einfach Leere. Eine Leere, wie ich sie noch nie gesehen habe und für die ich auch keine Worte finde. Und diese Leere hatte Thomas verschlungen. Es war schrecklich!“

„Dann habe ich ihr die Hand entgegengestreckt und sie hat mich in Panik zu sich heran und vermutlich damit aus dem Zeittunnel gezogen“, erzählte Thomas. „Für mich war alles wie immer. Ich konnte mir Amys Aufregung absolut nicht erklären.“

„Langsam geht mir der Spaß zu weit“, brummte Andreas und erntete zustimmendes Nicken.

„Wir sollten umgehend eine Entscheidung treffen, inwieweit wir mit diesem Santos kooperieren wollen.“

Thomas brachte Amy in die Wohnung. Kaum war die Tür hinter ihnen ins Schloss gefallen, küsste er Amy überaus leidenschaftlich. Kaum hörbar flüsterte er immer wieder: „Ich bringe diesen Camarque um, wenn er dir auch nur ein Haar krümmt.“

Amy erwiderte die heißen Küsse und beide landeten schließlich im Bett, wo Thomas ein wahres Feuerwerk der Gefühle für sie zündete. Alles schien sich in einem Wirbel zu drehen.

Amys gellender Aufschrei ließ ihm fast das Blut in den Adern gefrieren. Thomas fuhr entsetzt auf, während sie leichenblass auf die gegenüberliegende Wand zeigte.

Schlagartig begriff Thomas, dass der Wirbel tatsächlich vorhanden war. Er schien aus der Wand zu dringen und im fahlen Licht genau im Zentrum stand eine grinsende Gestalt, die sie schon eine Weile ungeniert beobachtet haben musste.

In dem Augenblick, als Thomas aus dem Bett sprang und zu jener Stelle hechtete, verlosch das fahle Licht und er knallte ungebremst an die Wand. Nur seiner exzellenten Kampfausbildung war es zu verdanken, dass er sich bei dieser Aktion nicht den Schädel einschlug.

Amy saß im Bett, hatte die Decke an sich gerissen und zitterte wie Espenlaub.

Im Haus klappten Türen und dann klingelte es auch schon Sturm bei ihnen. Thomas fuhr rasch in seine Jeans, ehe er den anderen öffnen ging.

Weil die Lage ernster als ernst war, scheute er sich auch nicht, ziemlich detailliert zu schildern, was sich zugetragen hatte.

„Brunos Gerät taugt wohl in erster Linie dazu, in der gleichen Zeitebene Tunnel zu öffnen", überlegte Riley laut.

„Wenn ich ihn in die Finger bekomme, dann öffnet er nie wieder irgendwas", grollte Thomas. „Nicht einmal mehr seine Augen."

„Mach dich nicht unglücklich", sagte John beschwörend.

„Du hast gut reden! Dieses perverse Schwein!" Thomas' Augen funkelten vor Wut.

„Hast du denn gesehen, dass er es war?"

Thomas schüttelte langsam den Kopf. „Es war ein dreckig grinsender Schemen."

„Genau so gut kann es auch Santos gewesen sein“, warf Andreas ein. „Dem traue ich das eher zu.“

„Hast ja recht“, lenkte Thomas ein. „Zorn ist ein schlechter Ratgeber. Aber ich bin sauer – stinksauer. Und dieser Camarque hängt so oder so mit drin.“

Amy war noch immer völlig geschockt. Die Sache im Gewächshaus war schon schlimm genug gewesen. Dass sich diese Schufte nun auch noch als Spanner in ihrem Schlafzimmer vergnügten, gab ihr für heute den Rest.

„Soll er sich sein verdammtes Gold holen. Hauptsache, er lässt unsere Familien in Ruhe“, sagte John schließlich. „Ich bin es leid, ständig um meine Lieben Angst haben zu müssen.“

„Zumal wir ja auch nichts wirklich gegen ihn unternehmen können“, stellte Andreas fest. „Psychokrieg ist ganz und gar nicht das, was ich auf Dauer haben möchte.“

Thomas und Riley stimmten notgedrungen zu, obwohl sie es Santos und Camarque lieber erst einmal mit gleicher Münze heimgezahlt hätten.

„Und wie wollt ihr es erreichen, dass er uns dann wirklich in Frieden lässt?“, fragte Kara. „Der wird immer neue Forderungen stellen, da wette ich drauf!“ Womit sie aussprach, was Thomas und Riley dachten.

„Wir sollten es ganz einfach versuchen“, schlug John vor. „Zurückschlagen können wir noch immer, wenn er richtig lästig wird.“

„Wird?“, knurrte Thomas sarkastisch. „Das ist er schon. Wenn ich dürfte, dann würde ich zwei Tage lang meinen animalischen Gelüsten richtig die Zügel schießen lassen.“

Kara lief eine Gänsehaut über den Rücken. Sie kannte das von Kämpfen auf Leben und Tod verfeindeter Sippen aus ihrem alten Leben.

Thomas legte ihr den Arm um die Schulter. „Keine Sorge, Vaters Erbteil ist stark genug, mich zu bremsen.“

„Hoffentlich. Du machst mir Angst.“

„Schon Amy zuliebe werde ich ganz brav sein“, versprach Thomas.

Kara nickte, wobei sie ihren Blick über Thomas’ Muskelpakete huschen ließ. Er trug noch immer nur seine Jeans und das, was er hier frei sichtbar präsentierte, war nicht geeignet, um sich ernsthaft mit ihm anzulegen.

„Ich werde jedenfalls nicht intervenieren, wenn Thomas diesem Widerling Santos bei erster Gelegenheit die Fassade verbeult“, murmelte Amy. „Ich werde es still genießen und mich erst sehr viel später wieder an meine gute Erziehung erinnern.“

„Oha!“ Riley spitzte die Lippen. Amy auf dem Kriegspfad? Das war neu.

„Ich hasse Erpresser“, fügte sie an ihn gerichtet, erklärend hinzu. „Und in Gestalt dieses Kerls ganz besonders. Wollt ihr ihm wirklich das Gerät verkaufen?“

„Ungern“, stellte Andreas fest. „Aber, ob er sich auf die Variante einlässt, es mitsamt Bediener zu mieten, ist fraglich.“

„Wegen Camarque?“

„Eben drum.“

Amy schloss die Augen. „Ich weiß schon, wen das Los treffen wird, falls man denn eins wirft.“

Schweigen.

„War ja klar. Thomas ist der Einzige, der sowohl die Technik beherrscht, clever genug für die Aktion ist und sich auch noch seiner Haut zu wehren weiß." Sie öffnete sie Augen und las in allen Gesichtern die gleiche Antwort: Treffer.

„Ich werde, solange es irgendwie geht, an seiner Seite bleiben", schwor Riley. „Auf mich wartete schließlich keiner."

Thomas drückte die Hand des Physikers. „Bist ein prima Kerl. Machen wir das Beste daraus."

Als die anderen gegangen waren, löschte Thomas das Licht. Mit den Worten: „Diesmal hoffentlich ohne Zuschauer", deckte er beide zu und machte da weiter, wo sie ohne Decke so unsanft unterbrochen worden waren.

Riley lag noch stundenlang wach. Einerseits grübelte er über die bevorstehende Aufgabe nach, andererseits über das, was der nächtliche Besucher im Schlafzimmer des Pärchens gesehen haben konnte.

Seufzend gestand er sich ein, dass er den Anblick sicher auch sehr genossen hätte. Im Normalfall hätte er einige anzügliche Bemerkungen gemacht. Aber der Fall war nicht normal und Thomas wäre kaum darüber erheitert gewesen.

Im Wegdämmern blitzte noch der Gedanke auf, dass die letzte Packung Xaron 4000 bald leer sein müsse. Früh erinnerte er sich weder daran, noch an das, was er geträumt hatte.

Die Stimmung am gemeinsamen Frühstückstisch war entspannt. Amy sah zwar etwas blass aus, aß aber mit Appetit, was ihre Mutter sehr beruhigte.

Erst in den Arbeitsräumen kam die Sprache auf das Thema Gold. Santos hatte zehn Millionen für das Gerät geboten. Sie einigten sich, ihm den Komplettservice für vier Millionen zu überlassen, wobei man sechs als Diskussionsgrundlage ins Rennen werfen wollte.

Andreas griff schließlich zum Hörer, um den Gesprächstermin mit Santos zu vereinbaren.

„Und? Wie hat er reagiert?", fragte Thomas sofort.

Sein Vater winkte ab. „Das willst du jetzt nicht wirklich hören. Er ist ein arrogantes …"

„Sprich das Wort Arschloch ruhig aus", ermunterte ihn Thomas mit einem Schulterzucken.

Andreas atmete tief durch. „Heute Nachmittag gegen 16 Uhr werden sie hier eintreffen."

„Sie?"

„Er bringt Camarque mit."

„Dann solltest du Mutter am besten im Panzerschrank einschließen, damit sie ihm nicht die Augen auskratzt", schlug Thomas vor.

„Besser wär's wohl", seufzte Andreas. „Wir haben mal wieder keine Wahl, wie schon so oft in diesem blöden Spiel."

Goldgräberlatein

Santos und sein Handlanger fuhren getrennt vor. Der eine wieder im nachtschwarzen Bugatti Veyron Supersport, der andere in einem himmelblauen Chevrolet Camaro SS.

„Wenigstens bleibt er seiner Automarke treu", bemerkte Thomas bissig, als der blaue Flitzer vor die Freitreppe rollte.

„Und seinem Image als Schuft", setzte Andreas zähneknirschend hinzu.

Riley sagte nichts, hatte aber beide Fäuste in den Hosentaschen seines dunklen Anzugs geballt. Sein verwüstetes Labor war nicht geeignet, ihn beim Anblick der vermutlichen Urheber Freudensprünge machen zu lassen.

Amy fühlte nicht nur heftigen Widerwillen, sondern regelrechten Ekel gegen Santos aufsteigen.

Bruno Camarque war deutlich die Anspannung anzusehen, gezwungenermaßen die Höhle des Löwen betreten zu müssen. Juan Santos hatte ihn in der Hand und zog die Fäden ganz nach Belieben.

Nach einer äußerst unterkühlten Begrüßung führte Andreas die Gäste in den kleinen Konferenzraum des Labortraktes. Amy servierte Kaffee und Gebäck. Santos beobachtete mit süffisantem Lächeln jeder ihrer Bewegungen.

Ein Wunder, dass sich ihr inneres Zittern nicht sichtbar offenbarte. Thomas platzte schließlich der Kragen. „Zufrieden mit den gestrigen und heutigen Beobachtungen?"

Santos lachte meckernd. „Rundum. Und ich gestehe, dass nicht unerheblicher Neid im Spiel ist. Solch ein Stehvermögen, ohne chemische Hilfsmittelchen, ist in der Tat beeindruckend."

Amy schoss das Blut in den Kopf. Thomas schnellte von seinem Stuhl, ließ sich aber auf halber Strecke wieder zurücksinken. Was bezweckte dieser Kerl damit, offen eine Unterlegenheit zuzugeben? Thomas beschloss, nun mehrfach auf der Hut zu sein.

Der Franzose hingegen war blass geworden und lockerte mit einer fahrigen Bewegung seinen Krawattenknoten. Santos war ein mieses Schwein und werde auch immer eines bleiben. Wobei im Augenblick das Wort Schwein im Vordergrund stand.

Riley hegte im gleichen Augenblick den Gedanken, dass bei dem Kolumbianer offensichtlich nicht nur Unzulänglichkeiten in der Hose, sondern viel mehr im Gehirn, zu finden seien. Er hatte Mühe, sich das entsprechende Grinsen zu verkneifen.

Womit hatte der Camarque derart fest in der Hand? Der Franzose diente ihm nicht nur als Staffage, er wurde regelrecht vorgeführt, ohne sich dagegen wehren zu können.

Santos war fast in einem Atemzug zum direkten geschäftlichen Teil übergegangen. Erstaunlicherweise erzählte er recht freimütig über das Gebiet, in welchem er den Generator einzusetzen gedachte.

„Bruno, die Karte!", herrschte er Camarque an, als dieser nicht gleich auf ein Stichwort reagierte.

„Sofort." Camarque zog sein Tablet aus der Aktentasche und rief eine Satellitenkarte des betreffenden Gebietes in der Provinz Guayabito auf.

Amy zuckte kaum merklich mit einem Augenlid, als Thomas zufällig in ihre Richtung schaute. Das veranlasste ihn, den fast nebenbei hingeworfenen Bemerkungen Santos', erhöhte Aufmerksamkeit zu schenken.

„Sie wissen aber, dass sie keine Möglichkeit haben werden, ausreichend Arbeiter in eine andere Zeitebene zu bringen?", warf Andreas ein, als der Kolumbianer seine Theorien vortrug.

Camarque verbiss sich ein triumphierendes Grinsen. Sein Blick sagte den anderen auch so deutlich genug: Das habe ich diesem Idioten auch schon gesagt.

Santos winkte ab. „Zweitrangig. Ich will die Zeitmaschine und mehr geht Sie nichts an."

„Sie können sie bedienen?", fragte Andreas kurz.

Santos deutete auf Camarque. „Er muss es können."

„Das halte ich für sehr unwahrscheinlich", ließ sich Riley vernehmen. „Es gehört erheblich mehr dazu, als zwei oder drei Tasten zu drücken, wenn man in anderen Zeitebenen agiert. Schließlich wollen Sie doch auch wieder nach Hause. Oder irre ich mich da?"

Aus Santos' Gesicht verschwand augenblicklich das überhebliche Lächeln. „Dann bringen Sie es ihm bei!"

Riley begann schallend zu lachen. „Hab echt schon bessere Witze gehört! Bringen Sie es ihm bei", wiederholte er in bühnenreifem Ton und schüttelte mit verdrehten Augen amüsiert den Kopf.

„Wie viele Jahre wollen Sie warten? Sechs oder Sieben?"

Er wandte sich, noch immer kichernd, Andreas zu. „Verkauf ihm das Ding. Soll er doch sehen, wie er damit klarkommt. Da nur du, ich und Thomas die Bedienung beherrschen und glücklicherweise keine Daten physisch hinterlegt sind, wirst du der Welt sogar einen guten Dienst erweisen, falls er irgendwo in der Vergangenheit stecken bleibt.“

„Überlegenswerter Gedanke“, pflichtete Thomas bei. „Ich bin dafür.“

Santos entfärbte sich jäh. Ob vor Schreck oder aus Wut war nicht ganz eindeutig. Es dauerte auch einige Sekunden, ehe er sich wieder im Griff hatte.

„Ich biete das Doppelte, verlange aber, dass einer von Ihnen für fünf Jahre jederzeit zu meiner Verfügung steht“, schnaufte er.

Andreas nickte. „Nächste Woche Dienstag, um die gleiche Zeit, werden sie an gleicher Stelle eine Antwort erhalten.“ Er erhob sich, um anzudeuten, dass für ihn das Gespräch beendet sei.

„Sollten Sie inzwischen wieder irgendwelche kleinen Psychoattacken reiten, kann ich Ihnen später nicht für die Loyalität des Arbeitspartners garantieren“, fügte er völlig gelassen hinzu und begleitete die Männer hinaus.

Als er ein paar Minuten später wieder ins Haus kam, schenkte Amy gerade Whisky aus. „Auf Riley!“, rief sie.

Andreas nahm nachdenklich sein Glas entgegen. „Ja, auf Riley! Sein Zynismus hat uns einen großen Vorteil verschafft.“

„So richtig glücklich siehst du trotzdem nicht aus“, stellte Thomas fest. „Ist es, weil du nun eine Entscheidung treffen musst, wer sich in die Höhle des Löwen, oder vielmehr des Goldes begibt?“

Riley kippte das Glas auf Ex. „Machen wir es kurz. Wir nehmen 18 Millionen, teilen durch drei und ich stehe dem Unsympathen für ein Vierteljahr zur Verfügung. Dann löst mich Thomas ab, bis ich nach seinen drei Monaten wieder übernehme. Und so weiter.

Wenn wir uns schon mit dem Kerl arrangieren müssen, dann soll die Entschädigung auch angemessen sein. 1/3 Risikoausgleich je für mich, für Thomas und für das Institut."

„Rein finanziell klingt das vernünftig", murmelte Amy. „Als Finanzmanagerin der Firma stimme ich vorbehaltlos zu." Sie drückte Rileys Hand. „Rein menschlich, als Thomas' Partnerin, möchte ich dir danken, dass du uns so hilfst."

„Dann stehen unsere Bedingungen fest", bekräftigte Thomas.

Andreas nickte. Er war allen dankbar, so schnell eine Lösung gefunden zu haben. Dass er nicht weniger Angst um Thomas hatte, als Amy, konnten sich die anderen an fünf Fingern abzählen.

„Widmen wir uns also den Feinarbeiten", schlug Thomas vor. „Amy scheint zumindest einige Informationen zu haben, die nützlich sein könnten."

„Stimmt." Amy schaute in die Runde. „Schon bei unseren Vorrecherchen haben wir ja festgestellt, dass Santos schmutzige, um nicht zu sagen blutige, Kohle fördert.

Das Gebiet, welches er uns zeigte, beutet, soweit mir bekannt ist, seit Jahren eine kanadischen Gesellschaft aus. Wir reden hier über einen Mindestgehalt von circa 100 Gramm Gold pro Tonne."

„Ach herrje!" Riley bekam große Augen. „Das ist ja heftig."

„Eben", bestätigte Amy. „Der saubere Señor Santos will sich also das riesige Abbaugebiet unter den Nagel reißen, bevor überhaupt einer mitschneidet, dass dort etwas zu holen ist.

Dabei wird er noch skrupelloser zu Werke gehen, als er es ohnehin schon in seinen Kohlebergwerken tut. Ich ahne auch, auf welche Weise er zu Arbeitern kommen will."

„Sklaven", sagte Thomas düster.

Amy nickte. „Aus der Zukunft wird er sich die Daten holen, wo er schürfen muss und in der Vergangenheit treibt er Indios zusammen, die für ihn schuften sollen."

„Also ist das, was wir bekommen, auch nur Blutgeld", stöhnte Riley.

„Was hast du erwartet? Geschenke?" Thomas schlug mit der flachen Hand auf die Tischplatte. „Voll zugreifen! Wir werden das Geld brauchen, um die Schäden in unserer Zeit, in Grenzen halten zu können. Privates Vergnügen kannst du schon mal streichen."

Andreas schmunzelte, als er das leidende Gesicht des Physikers sah. „Dein Labor zählt nicht unter Privatvergnügen. Das brauchst du zum Überleben.

Das kannst du mit bestem Gewissen supermodern ausstatten, zumal es Santos ja verwüsten lassen hat. Wir werden deine Hilfe und dein Wissen auch in Zukunft immer wieder und vor allem gern in Anspruch nehmen.

Ohne deine Forschungsergebnisse könnten wir möglicherweise gar keine Schadensbegrenzung einleiten", hielt er ihm noch vor Augen.

„Was sagt die Topografie des Gebietes? Ist genug Wasser vorhanden?", wollte Thomas wissen.

Amy rief den gleichen Plan auf, welchen auch Camarque benutzt hatte. „Muss wohl, sonst käme er nie an das Gold heran."

Andreas zuckte mit den Schultern. „So blauäugig, wie der rangeht, bildet er sich garantiert ein, er könne mit Chemikalien arbeiten."

„Sein Problem", stellte Riley fest. „Irgendwann wird er von ganz allein merken, dass er weder das Amalgamverfahren noch die Cyanidlaugung einsetzen kann. Anodenschlamm fällt auch aus, weil er keinen Strom hat."

„Was ist mit Borax?" Andreas zeigte auf die Waldgebiete. „Holz gibt es zur Genüge und irgendein Flussmittel dürfte dort auch beschaffbar sein."

Die vier wechselten besorgte Blicke. Santos hatte in der Tat noch einen Trumpf im Ärmel, um erfolgreich schürfen zu können.

„Hier bekäme er damit glatt einen Umweltpreis", sagte Riley gallig. „Schließlich ist gerade das Verfahren für die Umwelt die schonendste Methode, wie aktuelle Untersuchungen zeigen."

„Ich sähe es auch lieber, wenn er gar nicht zum Zuge käme", warf Thomas beschwichtigend ein. „Aber den Punkt können wir uns vorerst abschminken. Machen wir einfach das Beste aus der vertrackten Situation. Wenigstens wird er uns bis nächste Woche in Ruhe lassen."

„Hoffentlich", murmelte Amy. „Dieser Camarque kann einem ja schon fast leidtun. Den habe ich mir ganz anders vorgestellt. Ich kann es nicht fassen, dass so ein Häufchen Elend Entführungen und Erpressungen aushecken soll. Irgendwas stinkt ganz gewaltig."

Die Männer schauten Amy überrascht an. Mit allem hatten sie bei ihr gerechnet, nur nicht mit Mitleid. Thomas schüttelte verwirrt den Kopf und Andreas blieb buchstäblich der Mund offen stehen.

„Meinst du das ernst?", fragte er sogar.

Amy nickte. „Er ist, laut, deinen und Vaters, eigenen Berichten, mehrere Jahre ein vertrauenswürdiger Assistent meines Vaters gewesen. Er hat gut verdient, war anerkannt und hatte quasi eine weiße Weste. Warum wird so ein Mensch plötzlich kriminell?"

„Hast du mit deinem Vater darüber gesprochen?"

„Nein. Ich werde mich hüten. So gut, wie er immer tut, geht es ihm nicht und meine Mutter möchte ich keineswegs beunruhigen, indem ich plötzlich ihr Schockthema Nummer eins anschneide. Ich will nur gerne verstehen, was da zwischen Camarque und Santos läuft."

„Wir werden es im Auge behalten", versprach Thomas.

Andreas atmete tief durch. Dass und warum man den zweiten Täter nie geschnappt hatte, waren schon immer die Fragen gewesen, die ihn oft nächtelang wach gehalten hatten.

„Camarque könnte also auch über das Wissen verfügen, wie man sich Indios gefügig macht", überlegte Amy laut.

„Ureinwohner, träfe besser zu", warf Thomas ein.

„Wie wir sie bezeichnen wollen, ist erst mal unerheblich", erklärte Amy. „Was könnte er in die Vergangenheit schmuggeln, um sie zu beeindrucken?"

„Streichhölzer", ließ sich Andreas vernehmen.

„Oh ja. Das ist schon ganz großer Zauber, würde Mutter sagen", bestätigte Thomas.

„Eigentlich alles, womit ich sie damals schwer beeindruckt habe", fügte Andreas deshalb hinzu. „Plastikflaschen, Angelschnur, Universalwerkzeuge, Kochtöpfe …"

„Schöner Mist", fluchte Riley. „Die Liste wird dadurch ja fast unendlich. Wenn der dann noch mit

Spiegeln Feuer macht, geht er gleich als Übergott durch."

„Das befürchte ich auch." Andreas zog die Augenbrauen zusammen.

„Und wie kriegt er dann das Gold problemlos in unsere Zeit?"

„Durch Materialaustausch. Er schafft Werkzeuge hin und bringt das Gegengewicht in Gold mit", schnaufte Riley wütend.

Andreas legte ihm die Hand auf die Schulter. „Wirst du es schaffen, dich dort im Griff zu behalten?"

„Ich versuche es. Schon, um mein Labor wieder aufbauen zu können."

„Bis dieser Santos wieder aufkreuzt, sollten wir die Käfer loswerden", schlug Andreas vor. „Nicht, dass wir plötzlich vor der Tatsache stehen, die Viecher auf ewig behalten zu müssen."

„Am besten gleich morgen", bat Amy.

„Versprochen", nickte Andreas.

Noch ein „Alien"

Am nächsten Tag riss das Telefonklingeln Andreas aus seinem gewohnten Morgenritual. „Komm ja schon", brummte er missmutig, das Handy aus der Hosentasche ziehend. „Nicht mal in Ruhe frühstücken kann man."

Was er hörte, schien ihn zu elektrisieren. Er sprang auf und begann im Zimmer hin und her zu wandern.

„Wann? Wo? Okay in einer halben Stunde", sagte schließlich und steckte das Handy wieder ein.

„Schatz, tut mir leid, ich muss sofort weg", wandte er sich an Kara, ohne weitere Erklärungen zu geben.

Zehn Minuten später stand Thomas vor der Tür. „Wo ist denn Vater so eilig hingefahren?"

„Kann ich dir nicht sagen. Er bekam einen Anruf und ist stehenden Fußes verschwunden. Ich habe nicht einmal den Anflug einer Ahnung, worum es gegangen sein könnte. Allerdings sprach er von einer halben Stunde und so muss das Ziel ganz in der Nähe sein."

„Seltsam." Thomas schaute Mutter nachdenklich an.

Die zuckte mit den Schultern. „Hole Amy hoch, alleine schmeckt es mir nicht." Sie deutete auf den liebevoll gedeckten Tisch.

Amy ließ auch sofort alles stehen und liegen, um Karas Einladung zu folgen. Bei Kara gab es immer eine nette Überraschung zu entdecken.

Diesmal hatte sie die Frühstückseier mit Lebensmittelfarbe in Zwerge mit lustigen Gesichtern verwandelt und Kaffeeduft lag in der Luft.

Bei Kara mutierte Teetrinkerin Amy zur Kaffeefetischistin. „Ich habe keine Ahnung, wie du das machst, aber bei dir muss ich einfach das schwarze Zeug haben", hauchte sie mit selig verdrehten Augen, nachdem sie hingebungsvoll an ihrer Tasse geschnuppert hatte.

Auf einmal klingelte Thomas' Handy und Andreas' Stimme sagte: „Erde an Raumstation, wir haben einen Alien."

„Verdammt!" Thomas sprang auf, wie es vor rund einer dreiviertel Stunde Andreas getan hatte.

„Nicht schon wieder", stöhnte Kara.

„Was ist es denn?", fragte Thomas.

„Ein Vierbeiner mit Fell", lautete die Antwort. „Er steckt in einer Lebendfalle. Ich bringe ihn mit. Bereite bitte den kleinen Sicherheitskäfig vor."

Thomas erklärte mit wenigen Worten, was geschehen war und beeilte sich, seinen Auftrag zu erfüllen.

„Ich habe Angst vor dem, was die nächsten Wochen bringen", verriet Amy, kaum dass Thomas die Tür hinter sich geschlossen hatte. „Dieser Santos ist falsch, frech und garantiert zu allem fähig. Dass sich Riley als Erster in Gefahr begibt, tröstet mich keineswegs.

Du hättest den Blick sehen sollen, als er ihm Paroli bot! Wenn der könnte, dann würde er Riley eine Kugel zwischen die Augen jagen."

Kara nahm Amys Hand. „Ich weiß, dass ich dich nicht trösten kann. Du musst stark sein. Thomas braucht dich. Er muss spüren, dass du dich nicht unterkriegen lässt, wenn er vielleicht in Schwierigkeiten steckt."

Sie berührte eher unbewusst die alten Narben ihres Kampfes mit der Raubkatze, die, ohne ihr Eingreifen, Andreas getötet hätte.

Amy hatte das bemerkt und nickte. „Ja, du hast recht. Ich muss stark sein." Dann half sie Kara beim Tischabräumen und eilte Thomas ins Labor hinterher.

Kurz danach kam Andreas zurück. Er hob einen Drahtkäfig aus dem Kofferraum, in dem ein katzengroßes Tier hockte und angriffslustig fauchte.

„Der Kleine hat auch in einem Hühnerhof gewildert", lachte er. „Die haben fast vier Tage gebraucht, um ihn zu fangen. Ist wohl ein ganz cleveres Kerlchen."

„Ach, deshalb die Sicherheitsmaßnahmen", atmete Thomas auf. „Irgendwie scheinen unsere ungebetenen Gäste alle auf zartes Geflügel zu stehen."

„Kann man ihnen nicht verübeln", grinste Riley. „Wo kann man schon mal so aus dem Vollen schöpfen?"

„Scheint ein ziemlich früher Säuger zu sein", staunte Amy.

„Meinst du vom Aufstehen?", witzelte Riley und ging scherzhaft hinter Thomas in Deckung.

„Könnte man so sagen", schmunzelte Amy. „Mir hat er jedenfalls ein leckeres Frühstück eingebracht."

„Na fein! Und mir knurrt der Magen", rief Andreas, während er den tobenden Wildfang aus seinem engen Gefängnis befreite.

Statt sich in einen Winkel zurückzuziehen, sprang das Tier am Panzerglas hoch und versuchte, nach den vier Menschen zu schnappen.

„Von wegen, die ersten Säuger führten ein Schattendasein!" Thomas betrachtete neugierig das kleine Raubtier. „So, wie der sich gebärdet, mischt der auch einen viel größeren Saurier auf."

„Vor allem hat der nadelspitze Zähne! Die sehen zwar nur wenig differenziert aus, spüren möchte ich sie trotzdem nicht", erklärte Amy fasziniert. Sie griff nach der Kamera und filmte das Tier von allen Seiten.

„Den lassen wir doch hoffentlich noch vor den Käfern frei?", fragte sie dann.

„Warum?", antwortete Thomas mit einer wenig ernst gemeinten Gegenfrage.

„Weil mir der putzige Kampfhahn imponiert", lachte Amy. „Der weiß bestimmt ganz genau, dass er keine Chance hat. Trotzdem will er sein schütteres Fellchen so teuer wie möglich verkaufen."

„Als was haben sie dir, bei dem Anruf, den denn überhaupt beschrieben?", interessierte Thomas.

Andreas begann zu lachen. „Als verwahrlosten Hund mit dem Aussehen einer riesigen Ratte."

„Passt", stellte Amy mit einem amüsierten Blinzeln fest. „Ziemlich hässlicher Köter. Mit dem würde ich nicht Gassi gehen wollen. Da fragt doch gleich jeder, ob der mit einem Opossum gekreuzt ist."

„Aha", schnappte Riley interessiert. „Wie sollte denn der Traumhund aussehen?"

„Nachtschwarz. Deutsche Dogge." Amys Blick ging in die Ferne. „So ein Prachtexemplar!" Sie deutete mit weit ausladenden Armen Länge und Höhe an.

Die Männer warfen sich überraschte Blicke zu. Amy hatte nie den Wunsch nach einem Hund geäußert.

Sie seufzte, schaute das noch immer tobende Tierchen an und meinte: „Scannen und dann ab mit ihm."

„In welche Zeit?" Andreas betrachtete den Fremdling sehr skeptisch.

„Ich versuche, es zu recherchieren", bot Amy an. „Mit Bildern von seinem Skelett habe ich vielleicht eine Chance."

Während sich die Männer dem Tier widmeten, begann Amy zu suchen. Nach fast zwei Stunden verkündete sie: „Ich halte es für einen Repenomamus robustus und würde ihn rund 130 Millionen Jahre zurück in die Kreidezeit schicken. Plus/Minus 10 Millionen sind dabei sicher unerheblich."

„Selbst wenn er es nicht ist, schicken wir ihn dann gleich dorthin. Bestimmt findet er Anschluss an Gleichgesinnte, mit denen er den Sauriern das Leben schwer machen kann", legte Andreas fest.

„Den möchte ich am liebsten diesem Santos schicken", murmelte Riley.

„Hab es genau gehört!", sagte Andreas. „Untersteht euch, irgendwelchen Blödsinn zu verzapfen!"

„Schon gut", beschwichtigte ihn Thomas. „Trotzdem hat die Idee einen gewissen Charme."

„Eindeutig", ließ sich nun auch noch Amy vernehmen.

Andreas atmete tief durch, worauf sich die drei harmlos angrinsten. Deshalb fügte er mit einem Blinzeln „der hat in Bälde Riley auf dem Hals" an.

„War das jetzt auf das Aussehen oder die Bissigkeit bezogen?", schmunzelte Thomas, dem der Physiker dafür scherzhaft mit erhobener Faust drohte.

Andreas' Magen begann zu knurren. Thomas blinzelte Amy zu und fragte: „Was gibt es Schönes zu Mittag?"

„Deine Mum hat eine Ente in der Pfanne."

„Und wir?"

„Sind eingeladen." Amy zog ihn aus dem Labor und die beiden anderen folgten rasch.

Kara hatte sogar eine richtig große Ente in der Pfanne und so saßen schließlich auch noch Emilia und John mit am Tisch. Kara liebte es, wenn die ganze Sippe auf einem Fleck versammelt war. Diese Geborgenheit und das Wir-Gefühl waren es wohl auch, die Riley immer öfter hierher zogen.

Für seine über 60 war er noch topfit, machte sich überall nützlich und für ein paar harmlose Flirts mit den Damen des Hauses war er stets zu haben.

Daran, dass es immer etwas chaotisch zuging, wo er auftauchte, hatten sich im Lauf der vielen Jahre alle gewöhnt. Dafür hatte Riley fachlich gewaltig was auf Kasten und war die personifizierte Zuverlässigkeit.

Genau deshalb brachte er nach der Pause das Gespräch auf einen Punkt, den man bisher eher vernachlässigt hatte. Er fragte nämlich: „Was passiert, wenn mich Santos zwingt, selber in die Vergangenheit zu gehen? Die herkömmliche Akkutechnik funktioniert da nicht."

„Wir rüsten sofort um. Für das Geld, was er zahlt, kann ich die zuverlässigste Technik besorgen, die auch Militär und NASA nutzen", versprach Andreas auf der Stelle. „Ich will sicher sein, dass dir und Thomas nichts geschehen kann, wenn es zu solchen Extremen kommen sollte."

Amy suchte sogleich sämtliche Kontaktdaten zusammen. Erst dann schloss sie sich den Männern an, die bereits den Zeitmanipulator programmierten, um das gefangene Tier in die Kreidezeit zu beamen.

Es gebärdete sich auch jetzt wie toll, kaum dass es der fremden Wesen ansichtig wurde. Andreas hatte Mühe, den Zeitenstrudel genau zu justieren.

„Mist! Wasser!", rief Thomas, als sich das Portal endgültig aufgebaut hatte.

„Aber flaches", tröstete ihn Amy. „Außerdem haben wir keine Zeit, um länger zu suchen. Ganz sicher kann der Kleine schwimmen. Und wenn nicht, dann muss er es innerhalb von Sekunden lernen."

Der Kleine konnte schwimmen. Sogar so schnell, dass er der zuschnappenden Echse entkommen konnte, die wie aus dem Nichts auftauchte.

„Das ist echt keine Epoche, in die ich versehentlich geraten möchte", murmelte Amy. „Da muss man doch schon froh sein, wenn man ein paar Stunden überlebt!"

Sie scannte den Käfig sehr genau, um sofort zu melden: „Ist nichts Fremdes reingekommen."

„Käfer heute oder morgen?", fragte Thomas.

„Frühestens morgen", meinte Riley. „Wir sollten schon 24 Stunden zwischen den Aktionen lassen, um unsere Umwelt nicht zu gefährden."

„Kümmern wir uns lieber um die neue Technik." Andreas verließ als Letzter den Hochsicherheitsraum.

Nach ein paar Anrufen stand fest, von wo und wem man die Akkus und einen Zusatzchip holen werde. Amy bestellte per Express. „Ihr wisst aber, dass wir das Geld erst einmal selber aufbringen müssen."

„Sehr genau sogar", stellte Andreas lächelnd fest. „Aber Sicherheit ist oberstes Gebot bei einem Einsatz, für den es eigentlich keine gibt."

So kam es auch, dass Riley die Sendung am nächsten Tag sofort auf Herz und Nieren prüfte. Erst dann gab er Amy grünes Licht zum Bezahlen. Es drängelte auch niemand, die Käfer wegschicken zu wollen, als er die Zeitmaschinen umzurüsten begann.

Kara und Emilia verschwieg man, womit man sich beschäftigte. Kara hätte sonst vor Angst keine ruhige Minute mehr gehabt. Sie fürchtete sich noch immer davor, plötzlich wieder in der Steinzeit zu landen.

Riley testete mehrere Stunden lang die Geräte, ehe er erklärte: „100 Prozent. Besser kann es gar nicht gehen."

„Das heißt also, dass du nun auch exakte Wurmlöcher in die Zeit setzen kannst?", hinterfragte Thomas.

„Gib mir die Koordinaten vor und ich zeige dir, was dort vor genau vor Hunderten von Jahren geschehen ist", sagte Riley mit fester Stimme.

Thomas winkte ab. „Es gibt sicher Dinge, die man nicht wirklich sehen muss."

Amy schüttelte sich. „Inquisition, Hexenverbrennungen, Kriege, Seuchen …"

„Exakt." Thomas streichelte ihre Wange. „Konzentrieren wir uns lieber auf unser derzeitiges Hauptbetätigungsfeld."

Riley grinste. „Die Käfer?"

„Jawohl, denn die sind schlimm genug."

Die Monsterkäfer versammelten sich mit zuckenden Mundwerkzeugen am Panzerglas, als die Tür des Labors aufging.

„Widerlich", murmelte Amy. „Ich werde drei Kreuze machen, wenn die Viecher aus dem Haus sind."

Sie ahnte nicht, dass der Satz beinahe anders in Erfüllung gegangen wäre.

Thomas und Riley justierten das Portal. Um punktgenau arbeiten zu können, mussten sie eine Seite der Spezialpanzerung des Käfigs entfernen. In Ermangelung des exakten Gewichtes der Tiere, rechneten sie mit 100 Kilogramm, was alle für ausreichend hielten. Ein fataler Irrtum.

Der Zeittunnel öffnete sich und saugte auch die Käfer an. Nur kamen zwei von ihnen wieder zurück, als sich das Tor gerade schloss. Sie flutschten buchstäblich durch die Öffnung, knallten mit ihren harten Chitinpanzern an die ungeschützte Scheibe, welche sofort einen Riss bekam.

Als hätten die beiden nur darauf gewartet, steckten sie ihre Kiefer hinein und sprengten eine Öffnung in das Material, die groß genug war, um hindurchzukriechen.

Amy schrie entsetzt auf, als der Käfer auf sie zuhielt. Auf der anderen Seite der Scheibe setzten sich Thomas und Riley gemeinsam gegen den Monsterkäfer zur Wehr.

Ihnen gelang es, die Käfig-Panzerung herunterzulassen und das Insekt abzusperren. Dann hechtete Thomas von der Tür aus auf den zweiten Käfer zu, der sich gerade anschickte, Amy auffressen zu wollen und der sich von Andreas' Fußtritten nicht einmal beeindruckt zeigte.

Das Aufprallen eines ganzen menschlichen Körpers irritierte das Insekt und Andreas konnte Amy zur Seite reißen. Riley stand ebenfalls auf verlorenem Posten. Er flüchtete zu den anderen, die mit dem kleineren Käfer genug zu tun hatten.

„Riley und Amy raus!", schrie Thomas. „Wir machen das allein."

Amy drückte den Türkontakt. Riley schlüpfte hinaus und Amy folgte ihm. So leicht wollte sich der Käfer nicht von seiner Beute trennen. Er breitete die Flügel aus, womit er Thomas völlig überraschte und war im Sekundenbruchteil an der sich gerade schließenden Sicherheitstür.

Zum Glück war diese etwas schneller als der Angreifer und quetschte ihn zu Tode. Amy wurde übel, als sich die stinkenden Körperflüssigkeiten auf Wänden und Gang verteilten. Riley schob Amy durch die nächste Schleuse, um sich anschließend zu vergewissern, dass der Käfer wirklich tot war.

„Bäh, ist der eklig“, murmelte er angewidert, blieb aber an der Tür stehen, um notfalls den beiden anderen helfen zu können.

Der zweite Käfer hatte sich inzwischen ebenfalls durch das Loch in der Panzerung gezwängt. Die unfreiwilligen Gladiatoren kämpften ohne sichtbaren Erfolg. Zwar konnte sich Thomas das Insekt mit gezielten Tritten und Schlägen etwas vom Leibe halten, nur eben nicht für lange.

Der grün glänzende Chitinpanzer fühlte sich steinhart an. Einem menschlichen Gegner hätte Thomas schon lange das Genick und sämtliche Knochen gebrochen.

„Gas“, sagte Andreas schließlich und Thomas stimmte sofort zu. Er lenkte den Käfer ab, damit sein Vater fliehen konnte. Der hielt für ihn die Tür einen Spalt offen. Thomas türmte ebenfalls und wunderte sich, dass der Käfer keine Anstalten machte ihm zu folgen.

Die Überwachungskamera zeigte auch, warum. Das Insekt fraß sich an den Resten des Kadavers satt.

Sekunden später schrillte der Hausalarm, mit dem die Männer im Labor ankündigten, Fenster und Türen geschlossen zu halten, weil ein Katastropheneinsatz bevorstand.

Kara eilte zitternd hinunter zu Emilia und John. Sie fürchtete sich zu sehr, um jetzt allein zu sein.

„Beruhige dich, sie wissen, was sie tun.“ John streichelte tröstend Karas Hand.

Amy war noch im Labortrakt und verfolgte an den Monitoren gebannt die Aktionen der Männer. Sie sah, wie Thomas die Ventile der Stickstoffbehälter öffnete.

Die Konzentration des Gases stieg im Hochsicherheitsraum rasch an.

Zuerst schaute es aus, als ob das Insekt sogar in dieser
giftigen Atmosphäre überleben könne. Bei 90 Prozent
erlahmten aber langsam seine Bewegungen und endlich
blieb es reglos liegen. Es war aber nicht zu erkennen,
ob es tatsächlich tot oder nur gelähmt war. Erst nach
fast fünf Stunden ließ Andreas die Absauganlage in
Aktion treten.

Es dauerte noch bis tief in die Nacht, ehe er sich ent-
schloss, mit Thomas direkt vor Ort nach dem Rechten
zu sehen. Amy hatte in der Zwischenzeit ihre Eltern
und Kara über die Vorgänge im Labor informiert.

Auch darüber, dass keine unmittelbare Gefahr mehr
bestand. Kara blieb trotzdem bei den Helmbrechts.
Auch, wenn John immer wieder beteuerte, dass da
unten alles für den äußersten Notfall bereit sei, hockten
die Frauen im Wohnzimmer beisammen und wollten
auf das offizielle Ende des Alarms warten.

Zu viert deponierten die Wissenschaftler die Käferlei-
che und die Reste des zerquetschten Tieres in Plastik-
boxen, reinigten und desinfizierten Wände und Böden,
um gegen Mitternacht Entwarnung zu geben und tod-
müde in die Betten zu kriechen.

Amy fuhr im Morgengrauen mit einem Schrei aus
dem Schlaf. Thomas sprang sofort auf, um sie beschützen zu können. Es dauerte ein paar Sekunden, bis er
merkte, dass Amy vom Käferangriff geträumt hatte.

„Wenn das Vieh nicht schon tot wäre, dann brächte
ich es um, weil es dich angefallen hat", schnaufte er,
nahm Amy fest in den Arm und schlief wieder ein.

Riley und Andreas erschienen auch recht blass am
Frühstückstisch.

„Ich kriege den widerlichen Gestank nicht mehr aus der Nase“, beschwerte sich Riley.

„Geht mir auch so“, stöhnte Andreas.

„Passt perfekt dazu, dass Santos übermorgen kommt“, schmunzelte Thomas.

„Kaum hat man eine Plage los, schneit die nächste ins Haus“, seufzte Amy. „Wenn ich den sehe, dann fallen mir garantiert auch die schmierigen Käferinnereien wieder ein.“

„Ich wollte eigentlich frühstücken“, bemerkte Riley mit verdrehten Augen.

Amy grinste schuldbewusst. Die anderen brachen in Gelächter aus.

Rileys knurrender Magen hatte wohl keine Lust, sich auf die Befindlichkeiten seines Besitzers einzustellen. Er forderte mit Nachdruck Nahrung und so widmete sich schließlich auch Riley den duftenden Quarkbrötchen, die Kara gebacken hatte.

„Bin gespannt, was es bei Santos zu beißen gibt“, sinnierte er laut.

Amy lachte. „Ich denke, da wirst du nicht zu kurz kommen. Früh wirst du deinen tinto trinken …“

„Was ist denn das? Färbt das die Zunge blau?“, schnappte Riley sofort.

„Unsinn! Das ist schwarzer Kaffee“, lachte Amy. „Und was das Mittagessen betrifft, sind die Kolumbianer für ihr Grillfleisch berühmt.“

„Ehrlich?“, staunte Riley. „Wie du siehst, habe ich mich darüber noch gar nicht informiert.“

„Ich hingegen schon“, schmunzelte Amy. „Du wirst sicher sobrebarriga mögen. Das ist Rinderbauch mit Reis, Kartoffeln und Gemüse.“

„Klingt nicht übel“, rieb sich Riley die Hände.

„Kannst natürlich auch Meerschweinchenbraten haben, cuy genannt oder frittierte Riesenameisen.“

„Igitt! Wenn die dann auch noch so stinken, wie unser explodierter Freund, dann gute Nacht!“ Riley schüttelte sich.

„Da fällt mir ein, dass du dort auch zerfetztes Huhn, als Suppenbeilage erhalten kannst“, grinste Thomas. „Hab ich neulich in einem Reiseführer gelesen.“

Auf Emilias strafenden Blick erklärte er: „Typischer Fall von Galgenhumor.“

„Lass sie“, bat John, sonst Mustergültigkeit in Etikette bei Tisch, seine Frau. „Sie haben genug durchgemacht und was in ein paar Tagen kommt, das kann wohl keiner ermessen.“

Er ging nach dem Frühstück auch mit hinunter ins Labor, um sich den toten Käfer ganz aus der Nähe anzuschauen. Amy begann, Proben der Körperflüssigkeiten zu untersuchen.

„Mein Gott! Das ist ja das blanke Frostschutzmittel! Kein Wunder, dass diese Geschöpfe extreme Kälte überleben können.“

Thomas widmete sich dem Kopf des zerstückelten Tieres. „Mit den Augen kann der sich auch fast ohne Licht orientieren. Offensichtlich reagieren sie nur auf hell, dunkel und Bewegungen.“

„Ich schätze, noch mehr auf Gerüche“, warf Andreas ein und blinzelte Amy vielsagend zu.

„Schönen Dank. Ich sollte es wohl ohne Deo versuchen“, gab sie ebenso blinzelnd zurück.

Thomas begann zu kichern. „Muss ein Männchen gewesen sein. Ich finde dich nämlich auch zum Anbeißen.“

Andreas betrachtete nachdenklich die Überreste des Hinterleibs. „Wisst ihr, was ich denke?"

Amy und Thomas schauten ihn fragend an.

„Sie konnten so lange mit so wenig Nahrung überleben, weil sie sich, ohne, dass wir es gemerkt, paedogen vermehrt haben. Sie haben schlicht ihre ungeschlechtlich entstandenen Larven sofort wieder aufgefressen. Ich muss dringend das Filmmaterial der ganzen Jahre sichten!"

„Vielleicht war ein Micromalthus debilis der Vorfahre dieser Lebewesen. Dort findet man ja drei verschiedene Vermehrungstypen", fügte Thomas hinzu. Für seine Diplomarbeit hatte er einiges über diese Käferart zusammengetragen und unter Terrarien-Bedingungen die Tiere beobachtet.

Plötzlich hob er den Kopf. „Sag mal, hast du mir deshalb nie von den Monstern erzählt?"

„Ja", gestand Andreas. „Es wäre nicht gerade sinnvoll gewesen, wenn Forschungen an unseren Aliens dein Urteilsvermögen für heute lebende Tiere getrübt hätten. Du siehst ja selber, dass es ganz gravierende Unterschiede gibt, die nicht nur die Größe betreffen."

„Kommt mal her!", rief Amy. „Was haben wir denn hier?"

„Parasiten, die im Blut der Käfer leben!" Thomas schaute überrascht vom Mikroskop auf.

„Bloß gut, dass die auch an der Stickstoffvergiftung gestorben sind", stellte Amy fest. „Trotz Schutzanzug juckt es mich gleich überall. Ihr könnt sagen, was ihr wollt – alles, was mit den Käfern zusammenhängt, ist absolut gruselig."

„Ab sofort jede Woche einmal kompletter Blutcheck bei uns allen!", ordnete Andreas sofort an. „Ich will sicher sein, dass keine Parasiten, Bakterien oder Viren übertragen worden sind, als wir direkten Kontakt mit den noch lebenden Tieren hatten."

„Was machen wir mit Santos?"

„Der kann erst nach Ablauf einer vierwöchigen Quarantänefrist bedient werden. Ob er es versteht oder nicht, ist mir dabei völlig egal." Andreas trug die Untersuchungen fest in den Dienstplan ein.

Noch vor der Mittagspause nahm er von allen die ersten Proben. Ihm zapfte Amy Blut ab. Sie begann auch mit den ersten chemischen Tests, während Thomas Analysen unter dem Elektronenmikroskop vornahm.

Solo für Riley

Am Nachmittag liefen die letzten Vorbereitungen für die Verhandlungen mit Santos. Andreas und sein Team spielten noch einmal alle Eventualitäten durch, die als wahrscheinlich galten.

Diesmal kam der Kolumbianer in Begleitung seines persönlichen Assistenten, Señor Gonzales. Camarque war für ihn offensichtlich nicht mehr als Werkzeug, das zu funktionieren hatte, wann immer es sein Besitzer forderte. Die Verhandlungen gingen ihn nichts an.

„Sie haben sich entschieden?", fragte Santos gleich nach der Begrüßung.

„Das haben wir", bestätigte Andreas, ohne, sofort zu sagen, wofür. Erst im Konferenzraum sprach er weiter. „Jeweils einer meiner Mitarbeiter wird ihnen für je drei Monate zur Verfügung stehen. Ein reibungsloser Wechsel des Einsatzes ist garantiert."

„Warum nur drei Monate?"

„Weil wir es uns nicht leisten können, länger unsere Forschungsarbeiten auf dem jeweiligen Sektor zu unterbrechen", erklärte Andreas ungerührt.

„16 Millionen vorab für fünf Jahre", bot Santos an.

„18 vorab für fünf Jahre", forderte Andreas. „wegen des hohen Risikos für Leib und Leben."

„Sie rechnen mit Schäden?", lauerte Santos.

„Ja", lautete die kurze Antwort.

Santos gab Gonzales einen kurzen Wink, worauf dieser seinen großen Aktenkoffer auf den Tisch legte. Er öffnete das papillarliniencodierte Schloss und klappte den Koffer auf. Santos nickte. Gonzales packte 18 dicke Geldpäckchen nebeneinander auf den Tisch.

Thomas bemerkte zufällig, dass sich noch zwei Bündel in der Tasche befanden, als Gonzales diese wieder schloss. Santos hatte also mit einem noch höheren Betrag gerechnet.

„Wollen Sie nachzählen?", fragte Santos.

„Später. Ich gehe davon aus, dass eine Reklamation nicht nötig sein wird." Andreas lächelte flüchtig. „Miss Helmbrecht bringt das Geld in den Safe."

Amy holte einen Aktenkoffer aus dem Nebenraum und stapelte die Scheine hinein.

„Fühlt es sich gut an?", flüsterte Santos.

Amy musterte ihn kühl. „Mr. Santos, es ist mein Job, mit Geld umzugehen. Aber um das Klischee zu bedienen – anspruchsvolle Frauen wissen generell, wie sich große Scheine anfühlen." Sie brachte die Tasche in den Panzerschrank.

Die drei Männer ihres Teams mussten sich das Lachen verkneifen.

Santos grinste amüsiert. Die Tatsache, ohne jegliche Mühe zwei Millionen gespart zu haben, verursachte auch bei ihm gute Laune. Genau wie der Gedanke daran, den langbeinigen Leckerbissen irgendwie in seine Nähe zu locken, wenn dieser Winkler Junior seinen Dienst antreten werde.

Man konnte ihn ja zwischenzeitlich in der Vorzeit deponieren und Miss Amy mit ein paar handfesten Drohungen, ihn betreffend, gefügig machen.

„Ich erwarte meinen ersten Geschäftspartner in genau vier Wochen", legte er fest, um seinen Plan möglichst bald in die Tat umzusetzen.

„Mr. Stephens wird pünktlich bei Ihnen eintreffen. Es dürfte Ihnen ja durchaus bekannt sein, dass er der

Erfinder der Geräte und damit der ideale Fachmann für die Erschließungsarbeiten ist", führte Andreas aus.

„Ja, ja natürlich", beeilte sich Santos, zu sagen, der in Gedanken noch immer mit Amy beschäftigt war.

Seinem Gesicht war das so deutlich anzusehen gewesen, dass Thomas in den nächsten Tagen Amy noch mehr Zeit widmete, als er es ohnehin schon tat. Da war nicht nur der ungewisse Einsatz bei Santos, auch die große Kung-Fu Meisterschaft stand an. Volle sechs Tage, in denen er nicht bei ihr sein konnte.

Das hieß gleichzeitig, dass Amy für Riley als Springer fungieren musste, sollte der in Kolumbien irgendetwas brauchen. Thomas zwang sich, möglichst nicht daran zu denken.

Schon die Überlegung, dann seine Amy in unmittelbarer Reichweite des Ekels Santos zu wissen, bereitete ihm Magenschmerzen.

Andreas hatte für die Zeit von Thomas' Abwesenheit einen zwei Mann umfassenden Ersatz aus dem Hauptsitz des Institutes geplant, um die nötigsten Arbeiten am Laufen halten zu können.

Man hatte eine ungewöhnliche keltische Moorleiche entdeckt, die genauestens untersucht werden sollte. Einer der Männer, nebenbei ein erstklassiger Schlangenpräparator, erzählte hin und wieder über seine bisherige Arbeit.

Amy lauschte interessiert, wobei es sie zwischen Faszination und Ekel hin und her riss. Vor allem, wenn die Rede davon war, wie mühsam sich eine Schlange häuten ließ, wenn die wundervoll gemusterte Haut keinen Schaden nehmen sollte.

„Beim Survival-Training bleibt mitunter auch nur diese Sorte Fleisch, die man ohne Waffen bekommen kann", verriet der Präparator schließlich noch.

„Schon probiert?", fragte Amy und schaute ihn mit riesengroßen Augen an.

„Ja, natürlich. Ich bin fast jedes Jahr für einige Wochen im Dschungel. Die Eingeborenen haben einige gute Jagdtricks auf Lager. Nur manchmal hat man eben gerade keine Waffen zur Hand und muss buchstäblich fangen, was einem fast freiwillig vor die Nase kriecht."

„Hast du auch schon Maden und andere Larven probiert?"

„Selbstverständlich. Hat mich beim ersten Mal einige Überwindung gekostet, aber man gewöhnt sich rasch daran."

Andreas lächelte melancholisch. Er hatte das Glück gehabt, stets andere essbare Dinge zu finden. Nur Kara stand damals, als er sie in der Urzeit kennen und lieben lernte, total auf den Krabbelkram, weil sie es ja nicht anders gewohnt war.

Auch heute noch holte sie sich in jedem Asien-Urlaub, irgendwo auf dem Markt, frische geröstete Heuschrecken und was die Händler noch feilboten.

Thomas verhielt sich der Sache recht aufgeschlossen gegenüber. Hin und wieder kostete er, um einigermaßen mitreden zu können. Amy ging es wie Andreas — lieber tagelang Gemüse, als auch nur ein Mal Insekten.

Riley steckte den Kopf zur Tür herein. „Was sagen die Blutwerte?"

„Alles okay", strahlte Amy. „Ich bin auch ziemlich überzeugt, dass das so bleibt."

„Bin gespannt, ob du uns auch noch gute Werte bescheinigst, wenn wir bei Santos fertig sind“, murmelte der Physiker.

„Ich hoffe es“, erwiderte Amy. „Auf alle Fälle machen wir mit euch sofort nach jedem Einsatz einen großen Checkup.“

„Wie tröstlich.“ Riley trat näher an die Moorleiche heran. „Schon rausbekommen, woran er gestorben ist?“

Thomas nicke und führte die rechte Hand waagerecht unter seinem Kinn durch.

„Uaaah! So möchte ich nicht enden“, Riley zog die Nase kraus und betrachtete den Hals des Opfers. Die Knochen des Kopfes waren im Lauf der Jahrhunderte weich geworden und so bildete der eine unansehnliche, formlose, rotbraune Masse.

Thomas drückte mit dem Finger leicht die lederige Haut zur Seite, um Riley den klaffenden Schnitt zu zeigen. „Wahrscheinlich ein Menschenopfer, um die Götter milde zu stimmen.“

„Wir schieben ihn morgen komplett durch die Röhre“, verriet Andreas. „Vielleicht sehen wir dann etwas mehr.“

„Apropos durch die Röhre schieben“, hakte Riley ein. „Ich habe gestern noch einmal alle Berichte über dich und Kara durchgesehen, um mich zu beruhigen.“

„Und? Hat es wenigstens geholfen?“

„Auf jeden Fall. Hat mich ziemlich nervös gemacht, dass du Santos etwas von möglichen bleibenden Schäden erzählt hast.“

Andreas klopfte Riley auf die Schulter. „Damit meinte ich auch nicht die Zeitreisen an sich, sondern mögliche Attacken durch wilde Tiere, noch wildere Menschen und geldgierige Minenbesitzer. Aber das musste ich dem Kerl nun wirklich nicht im Klartext auf die Nase binden. Ich kann euch nur bitten, sehr gut auf euch aufzupassen.“

Dann winkte er Riley, ihm zu folgen.

„Willst du deinen Anteil auf die Bank bringen, bevor du nach Kolumbien fliegst?“, wollte er wissen.

Riley schüttelte sofort den Kopf. „Ich hätte es lieber, wenn er vorerst hierbleiben könnte.“

„Auch kein Problem. Du weißt, wo deine Codebox steht und, dass du dir jederzeit etwas daraus holen kannst. Wenn du noch irgendetwas an Ausrüstung brauchst, dann sag es mir.“

„Ich muss dort erst einmal die Lage sondieren. Hab ja keine Ahnung, inwieweit ich mich auf diesen Camarque verlassen kann. Ich werde erst mal ziemlich auf mich allein gestellt sein, was die Entscheidungen betrifft.“

Andreas nickte. „Du weißt ja, welche Vollmachten du von unserer Seite aus hast. Wenn du etwas nicht mehr mit deinem Gewissen vereinbaren kannst, dann gib Bescheid.“

Am Abend vor der Abreise saßen alle in Helmbrecht-Cottage zusammen.

„Eine Verabschiedung wie zu einer Weltreise“, witzelte Riley.

„Ganz so daneben ist der Gedanke nicht“, warf Thomas ein. „Wer weiß was du für Welten in den nächsten Wochen zu sehen bekommst.“

„Mit ziemlicher Sicherheit die der armen Zechenarbeiter“, entgegnete Riley. „Und die der Sklaven auf jeden Fall. Davor habe ich den meisten Horror.“

„Glaub ich dir unbesehen“, erklärte John. „Ich kenne dich schließlich schon lange genug.“

„Vierzig Jahre?“, überlegte Riley laut.

„Und eine handvoll Tage mehr“, schmunzelte John.

Riley kam Sonntagmittag in Bogotá an, wo ihn ein Hubschrauber Santos' mit drei Mann Besatzung erwartete. Zwei der Männer schienen, den Beulen in den Jacken nach, schwer bewaffnet zu sein.

Eigentlich kein Wunder bei der Fracht, die Mr. Stephens aus England mitbrachte.

Am Zielort wurde er von Santos' persönlichem Assistenten und Bruno Camarque empfangen und zum Wohntrakt gebracht, wo eine kleine 3-Raum-Wohnung für ihn vorbereitet worden war.

Camarque, der während des Einsatzes den Kontakt zwischen Santos und Riley herstellen und halten sollte, war deutlich die Anspannung anzumerken.

Riley registrierte das, ließ sich nach außen hin aber nichts von seinen Beobachtungen anmerken.

„Möchten Sie das Gerät bis morgen im Safe deponieren?“, fragte Camarque dienstbeflissen.

„Nein. Es ist derzeit papillarliniencodiert.“ Er musste wahrlich keine weiteren Erklärungen abgeben.

„In einer Stunde erwartet Sie Señor Santos zum Arbeitsessen. Ich werde Sie pünktlich abholen.“ Camarque verließ Riley, der sich erst einmal unter der Dusche frisch machte und anschließend Andreas eine SMS schrieb, dass er gut am Ziel ankommen sei.

Den Rest der Zeit beobachtete er durch das Fenster die nähere Umgebung seiner Unterkunft. Das ganze Areal wirkte steril. Er rief sich ins Gedächtnis, was in den letzten Tagen zum Thema Gold- und Kohleabbau in Kolumbien zusammengetragen worden war. Dieses Unternehmen schien alle Klischees gleichzeitig zu bedienen.

Riley nahm sich vor, deshalb besonders auf der Hut zu sein und mit keinem einzigen Menschen hier irgendwelche Kontakte zu knüpfen, die über ein absolutes Minimum der Zusammenarbeit hinausgingen.

Camarque erschien und führte ihn durch einen gläsernen Verbindungsgang in die Chefetage des Hauptgebäudes, wo ihn Santos mit einem breiten, wie falschen Lächeln willkommen hieß.

Der Tisch quoll fast über vor Platten. Riley überlegte amüsiert, wo das drei Personen hin essen sollten. Er, für seinen Teil, hatte von der Reise ausreichend Hunger, um ordentlich zuzufassen.

„Morgen früh werden Sie sich mit Monsieur Camarque an die Arbeit machen“, erklärte Santos soeben. „Ich erwarte, dass Sie innerhalb von drei Tagen eine Zeitebene gefunden haben, in der sowohl geschürft werden kann, als auch Arbeitskräfte zu finden sind. Am besten welche, die man nicht tagelang im Gebrauch einfachster Werkzeuge unterrichten muss.“

„Um das tun zu können, erwarte ich, dass Sie Ihren Schoßhund im Zaum halten, was dessen Zeitmanipulator betrifft“, erwiderte Riley mit Blick auf Camarque. „Der Einsatz zweier Geräte kann zu Verschiebungen führen, die Sie unter Umständen auch in dieser Ebene zu spüren bekommen.

Dabei ist fraglich, ob Sie diese Schwankungen körperlich ausgleichen können. Ich habe nicht vor, mit dem Einsatz über Leichen zu gehen. Selbst wenn es Ihre ist.“

Santos entfärbte sich jäh. Es dauerte einen Moment, ehe er in ruhigem Ton antwortete. „Mr. Stephens, Ihre Fürsorge ehrt Sie. Ich erwarte, dass Sie sich mit Monsieur Camarque diesbezüglich abstimmen, um Schäden für mein Unternehmen auszuschließen.“

Bruno Camarque tippte mit unbewegtem Gesicht eifrig Notizen zu den Planungen Riley Stephens in sein Tablet, die den ersten Tag betrafen. Zumindest glaubten das Santos und Riley, bis auf dem Display des Letzteren erschien: Reizen Sie ihn nicht zu sehr, wenn er ruhig wird, wird er unberechenbar.

Danke, antwortete Riley ebenfalls mit einer kurz aufleuchtenden Notiz. Dabei überraschte es ihn sehr, von dem Franzosen solch eine ernst gemeinte Warnung zu bekommen.

Er verkniff es sich auch in den folgenden beiden Stunden, obwohl es ihm phasenweise äußerst schwerfiel. Stattdessen gab er Santos auf den Punkt präzise Antworten. Hin und wieder hinterfragte Camarque einige Ausführungen, um ganz sicher zu sein, die Anweisungen verstanden zu haben.

Kurz nach 20 Uhr brachte er Riley wieder in den Wohntrakt zurück. Er folgte ihm noch in die Wohnung, legte einen Finger auf die Lippen und schrieb auf einen Zettel: Sie werden komplett überwacht. Anrufe etc. nur außerhalb des Firmengeländes sinnvoll. Verschlüsseln Sie Ihre Mails. Klingeln Sie mich mit drei Rufzeichen per Handy an, wenn Sie mich zu sehen wünschen.

Riley nickte.

Camarque zerriss den Zettel und schaltete auf geschäftsmäßigen Ton um. „Mr. Stephens, der Kühlschrank ist gefüllt. Sie können sich, wenn Sie möchten, selbst versorgen oder im firmeneigenen Restaurant gegen geringes Entgelt essen.

Die Zeiten und Preise finden Sie hier in dieser Mappe, die auch einige Regeln zum Verhalten im Firmengelände enthält. Ich wünsche Ihnen einen angenehmen Abend.“

Riley bedankte sich und schloss hinter Camarque die Tür ab. Dann saß er lange an seinem Schreibtisch und grübelte. Camarque musste schon jetzt die Hose gestrichen voll haben, wenn er konspirative Informationen gab.

Oder war das alles ein abgekartetes Spiel, um ihn zu sondieren? Je länger Riley nachdachte, umso mehr tendierte er dazu, den ersten Gedanken zu favorisieren. Amy hatte den Franzosen ja auch aus reinem Bauchgefühl als Häufchen Elend bezeichnet.

Ich versuche einfach mal, nur ein kleines Stichel-Schwein zu sein, überlegte Riley. Wobei ihm das Wortspiel Stichel-Schwein ein extra breites Grinsen wert war.

Ganz entspannt widmete er sich irgendwann der Nachtruhe. Er träumte nicht einmal. Auch lag er morgens noch genau so, wie er sich abends ins Bett gepackt hatte.

Das Frühstück bereitete er sich selber zu. Mittagessen, Vier-Uhr-Tee und Abendbrot werde er in der Kantine einnehmen. Mit dem Wissen um die, nicht gerade unerhebliche, Finanzspritze von glatten sechs Millionen, sah er keinen Grund, sich nicht auch etwas Luxus bei diesem Job zu gönnen. Falls denn die tägliche Verpflegung überhaupt als Luxus bezeichnet werden musste.

Camarque holte ihn kurz vor acht Uhr ab, um ihn zu einem Labor am anderen Ende des riesigen Zechengeländes zu chauffieren.

„Fahren Sie immer mit Ihrem eigenen Auto?", fragte Riley erstaunt. Denn der strahlend blaue Camaro passte wenig zum übrigen Fuhrpark.

„Ja. Das ist wohl der einzige geschlossene Raum, der nicht irgendwie überwacht wird. Außer mit GPS", fügte Bruno Camarque noch rasch hinzu. „Manchmal brauche ich ganz einfach dieses winzige Stück Freiheit."

„Hmm", brummte Riley, weit davon entfernt, einen seiner bekannten Sprüche abzulassen. „Und was ist mit dem Labor, wo wir arbeiten sollen?"

„Nur optische Überwachung", gab Camarque Auskunft. „Santos will von Anfang an wissen, wie der Stand der Dinge ist. Ich hoffe nur, dass er nicht jeden Tag daneben hockt."

„Ist das ernsthaft zu erwarten?"

„Leider ja. Er wird sich informieren wollen, ob er sein Geld gut angelegt hat." Er parkte den Wagen und half Riley, die Taschen zum Labor zu tragen.

Schon nach den ersten Minuten stellte dieser erfreut fest, über welch präzises Geschichts- und anthropologisches Wissen der Franzose verfügte. Nicht verwunderlich, wenn man wusste, dass er einst der persönliche Assistent Professor Helmbrechts gewesen war.

„Wie stellt sich Señor Santos die Sache mit den Minenarbeitern vor?"

Camarque schluckte. „Ahnen Sie es nicht?"

„Sicher. Ich hätte nur gern die Bestätigung von Ihnen."

„Er will sich Eingeborene als Sklaven halten." Camarque hielt ihm sein Tablet hin, wo auf einer Landkarte Knochenfunde eingezeichnet waren. „Das genau sind die Stellen, an denen wir die ersten Probetunnel setzen sollen. Vor etwa 4000 Jahren hat es hier ganz sicher Menschen gegeben."

Riley knirschte mit den Zähnen.

Camarques Mundwinkel zuckten. „Mir passt es auch nicht."

„Ach ja?!"

Camarque reagierte nicht darauf. Er hatte Rileys bissigem Spott einfach nichts entgegenzusetzen.

„Fangen wir an", schlug Riley vor.

Der Franzose führte ihn zum Testgelände. „Hier können wir ungestört die Tunnel erproben."

„Wer geht als Proband in die Zeit?"

Camarque atmete tief durch. „Ein Ahnungsloser."

„War ja klar."

„Sie können gern seine Stelle einnehmen", sagte Camarque leise und resigniert.

„Okay, ich sollte wirklich langsam aufhören, Ihnen Schuld einzureden. Ich bin, in gewisser Weise, in ähnlicher Situation." Riley blinzelte Camarque zu. „Auf gute Zusammenarbeit."

„Ja, auf gute Zusammenarbeit." Über Camarques Gesicht huschte ein kaum merkliches Lächeln. Dann beobachtete er, wie Mr. Stephens den Zeitmanipulator entsperrte und die ersten Datenreihen eingab.

„Fünftausend Jahre?", fragte Riley.

„Versuchen wir es."

Einige Meter vor ihnen begannen sich seltsame Luftspiegelungen zu bilden. Riley beobachtete gleichzeitig Camarque, der mit diesen Phänomenen ja vertraut genug sein musste.

„Beherrscht Santos Ihren Manipulator?", fragte er plötzlich.

„Beherrschen ist nicht das richtige Wort. Ich habe ihm nur gezeigt, wie man in der gleichen Ebene Fenster öffnen kann."

„Um in der anderer Leute Schlafzimmer zu spannen", bemerkte Riley bissig. „Waren Sie dabei?"

Camarque schüttelte den Kopf. „Und ich bin froh darüber."

„Pluspunkt für Sie." Riley konfigurierte die Einstellungen neu und erhielt eine stabile Verbindung, durch die man recht gut in die Vergangenheit schauen konnte. Urwald und mittendrin kahle Felswände. Camarque verglich die Koordinaten. Nach einer Weile räusperte er sich.

„Fantastisch, das ist auf zwei Kilometer genau, das Gebiet, das ich für erfolgversprechend halte." Auf Rileys finsteren Blick nickte er.

Der Physiker schloss das Portal und öffnete es erneut. Exakt an der gleichen Stelle und in der gleichen Zeit. Camarque fuhr sich mit einer Hand durch das Gesicht.

„Sie sind einsame Spitze, Mr. Stephens. Das dürfte Santos für den ersten Tag mehr als zufriedenstellen. Funktioniert dieser Zeitgenerator auch, wenn man ihn in die Vergangenheit bringt?"

„Dieser ja", entgegnete Riley kurz.

„Das beruhigt mich."

„Angst vor den Geistern, die Sie selbst heraufbeschworen haben?"

„Ja."

„Na, wenigstens sind Sie ehrlich, Monsieur Camarque. Das beruhigt mich." Riley drehte sich mit dem Gerät langsam nördlich.

Am Nachmittag erschien plötzlich Santos, sagte keinen Ton, schaute etwa eine Stunde zu und verschwand wieder.

„Ist das nun gut oder schlecht?", überlegte Riley laut.

Camarque winkte ab. „Gut. Er scheint nicht völlig unzufrieden zu sein."

„Womit haben Sie Ihre Brötchen verdient, bevor Sie Santos angeheuert hat?", wollte Riley wissen.

„Ich habe mit einem amerikanischen Unternehmen für Cryotechnik zusammengearbeitet. Reiche Amis sind ganz wild darauf, sich sofort nach ihrem Tod einfrieren zu lassen. Sie hoffen, dass irgendwann eine Methode gefunden wird, nach dem Wiederauftauen ewig zu leben."

„Und wie stehen die Chancen?"

„Für das gefahrlose und gewebeschonende Einfrieren gut. Für das ewige Leben besch …"

„Lohnte es sich für Sie?"

„Ja. Sehr sogar." Camarque lächelte wehmütig. „Ich wäre jetzt auch lieber in meinem eigenen Büro, als hier in Kolumbien."

Riley hatte nichts dagegen, dass sich ihm Camarque zum Abendessen anschloss. In Anbetracht der totalen Überwachung sprachen beide kein Wort miteinander.

In England arbeiteten Thomas und Amy, nachdem sich Riley beim Kontakt so extrem kurz gehalten hatte, an einem sicheren Codesystem.

„Es muss so primitiv sein, dass man es rein deshalb nicht entschlüsseln kann", schlug Amy vor. „So etwas, wie wir als Kinder benutzt haben."

„Genau!", strahlte Thomas. „Am besten Fachtexte, wo jedes zweite Wort im zweiten Satz des Absatzes etwas zu sagen hat."

„Her mit dem Zeug! Wir texten um!" Amy griff nach ein paar naturwissenschaftlichen Magazinen.

Zwei Tage später erhielt Riley per Mail einen Auszug aus einem Fachbericht, den er sich gewünscht hatte, wovon er allerdings nichts wusste. Schon das ließ ihn aufhorchen.

Amy schrieb im Klartext der Mail: „Ich konnte leider zum Punkt 2/2 nichts Besseres finden."

Riley ahnte, was hier gespielt wurde und begann am Knacken des unbekannten Codes zu arbeiten. Einen Hinweis hatte er ja bekommen.

Was bedeutete 2/2? Die jeweils zweiten Buchstaben ergaben keinen Sinn, die jeweils zweiten Wörter auch nicht. Stopp! Da war was! Riley verglich seine geschriebenen Tabellen und musste lachen. Die zweiten Wörter jedes zweiten Satzes im Absatz reihten sich sinnvoll aneinander.

„Das ist eine Codeprobe", lautete die Botschaft.

Riley grinste jungenhaft, als er einen anderen Text als Antwort zurückschickte. Amy brach in schallendes Lachen aus, als sie las: „Das heißt doch eigentlich Kotprobe. Ende."

Andreas schüttelte amüsiert den Kopf. „Typisch Riley. Messerscharfer Verstand. Ganz Offensichtlich geht es ihm gut."

Sklaventreiber

Gegen Ende des dritten Tages nahte Santos mit seinem Assistenten. Riley erstattete kurz und knapp Bericht, öffnete ein kleines Zeitfenster und sagte: „Dort wohnen Ihre Minenarbeiter. Etwa 15 Erwachsene und vier Kinder."

Santos konnte zwar nur Rauch über den Bäumen aufsteigen sehen, er glaubte Riley aber auch so. Sich zufrieden die Hände reibend, zog er wieder ab.

„Ich hasse den Kerl", zischte Riley und ihm schien, als habe Camarque kaum merklich, aber zustimmend, genickt.

„Wie stellt er sich das mit den Eingeborenen eigentlich vor?", fragte er.

„Ich weiß es nicht", gab Camarque mit geschlossenen Augen zu.

Riley zog die Augenbrauen zusammen. „Das habe ich in den letzten drei Tagen verdächtig oft gehört."

„Tut mir leid. Sie haben doch selbst gesehen, dass ich in diesem Spiel mehr Statist als Akteur bin." Camarque rieb sich mit beiden Händen das Gesicht. „Ich schätze, er hat eine Schlägertruppe angeheuert, die mit ein paar physikalischen Spielereien eins auf Gott machen wird."

„Vermutlich reicht da schon eine Schachtel Streichhölzer, um Eindruck zu erzielen", brummte Riley.

„Genau das sind meine Befürchtungen." Camarque schaltete den Computer ab. „Schluss für heute, ich bin am Verhungern."

In dieser Nacht kam Riley nicht zum Schlafen. Stundenlang grübelte er, was Santos mit den Menschen tun werde, die sich wohl gerade in süßen Träumen wiegten.

Einen Teil der Antwort bekam er bei Arbeitsantritt. Zwei Jeeps fuhren vor und eine wild aussehende Horde aus sechs Abenteurern begann, sie zu entladen. Spitzhacken, Hämmer, Meißel, eine Kiste Dynamit …

Was alles in den Rucksäcken steckte, konnte er nicht einmal ahnen. Außen hingen Machten, Messer und eine Menge Werkzeuge, die, auf Hochglanz poliert, mit Sicherheit für Huldigungsgesten sorgen sollten.

Riley berechnete Gewichte und Tunnelgröße. Camarque betete im Stillen, dass alles klappen möge. Sie hatten ja bisher nicht einen einzigen Praxistest gemacht. Die sprichwörtliche Arschruhe Mr. Stephens gab ihm Halt.

„Sobald die Männer das Zielgebiet erreicht haben, schließen Sie den Tunnel", befahl Santos dem verblüfften Riley. „Morgen früh um die gleiche Zeit öffnen Sie ihn wieder und erwarten weitere Anweisungen von mir."

Er beobachtete, wie sich das Portal aufbaute, Männer und Material darin verschwanden und von der anderen Seite winkten. Was hieß, sie seien gut angekommen. Nach dem Schließen wandte er sich, halb im Gehen, noch einmal um.

„Ich wünsche keinerlei Kontakte zwischen Ihnen und der Einsatztruppe. Sie brauchen nicht zu erfahren, dass sie in der Vorzeit sind."

„Und nun?", fragte Camarque.

„Werden wir seiner Order folgen, das Portal erst morgen wieder öffnen und abwarten, was dann geschieht."

„Meinen Sie das ernst?"

Riley grinste. „Halbernst. Er hat doch nicht gesagt, dass wir nicht ein winziges, kaum merkliches Beobachtungsfenster öffnen dürfen. Das Gold interessiert mich nicht, die sechs Spitzbubengesichter noch weniger. Genau will ich nur wissen, was mit den Eingeborenen geschieht.

Wir müssen doch sowieso den ganzen Tag überprüfen, ob der Tunnel geschlossen bleibt. Notfalls erzähle ich ihm, dass sich das Fenster von allein geöffnet hat. Mit Störungen muss man bei so was immer rechnen."

Riley beendete das Gespräch und widmete sich der Lektüre seines Artikels aus der Fachzeitschrift, welchen ihm Amy am Vortag gemailt hatte. Zu Hause schien alles im grünen Bereich zu sein. Die Zeitportale in Kolumbien hatten wohl keine oder noch keine Auswirkungen auf den Rest der Welt.

Durch das Fenster der Kantine sahen sie, wie Santos mit Gonzales das Firmengelände verließ.

„Denken Sie, was ich denke?", schmunzelte Riley.

„Ich denke schon", gab Camarque grinsend zurück.

Um nicht ungewollte Aufmerksamkeit zu wecken, aßen sie ganz in Ruhe ein reichhaltiges Mehrgängemenü, tranken einen starken Kaffee und schlenderten zurück an ihren Arbeitsplatz.

Kaum im Testgelände angekommen, öffnete Riley ein winziges Sichtfenster.

Die sechs Männer befanden sich in einer Grotte, deren Eingang auf einem kleinen Plateau lag. Sie hatten Steinbrocken hinaus und Werkzeug hineingeschafft und begutachteten gerade ein paar Proben, die sie aus den Wänden geschlagen hatten. Ausnahmslos alle steckten sich die Taschen voll.

„Ich schätze, das wird Chefchen nicht gefallen", witzelte Riley, das Miniportal wieder schließend.

Camarque stimmte zu. „Es gibt eigentlich nur zwei Möglichkeiten. Entweder lässt er es ihnen als Erschwernisausgleich oder sie müssen Kopfstand machen, wenn sie wieder hier sind. Wobei sie noch die Taschen ausbürsten werden, damit jedes Stäubchen in seinem Besitz bleibt."

Die beiden sahen sich vergnügt grinsend an. Es war schon jetzt klar, dass Variante zwei den Vorzug erhielt.

Aus den Unterhaltungen, nach dem erneuten Öffnen des Zeittunnels, am nächsten Morgen entnahm Riley, dass in der Höhle tatsächlich eine Ader aus gediegenem Gold sein musste, wie Santos vermutet hatte.

Der ließ mehrere zweirädrige Schubkarren in sein Abbaugebiet schaffen. Eine davon bekam er ein paar Minuten später mit Gesteinsbrocken gefüllt wieder. Er ließ sie sofort ins Labor bringen, um den Goldgehalt dieses Abraums bestimmen zu lassen. Riley schloss auf Handzeichen das Portal.

Ein paar faustgroße Steine waren von der Karre gefallen und lagen nun auf dem Testgelände herum. Da sie nicht störten, ließ sie Riley auch genau dort liegen. Nur nicht versehentlich Santos' Gold anfassen. Das könnte sinnlos Ärger geben.

Am übernächsten Tag änderte sich Rileys Laune schlagartig. Und zwar genau in jenem Augenblick, als die Abenteurer die Eingeborenen aus dem Urwald in die Höhle trieben.

Camarque wagte nicht, ihn auch nur einmal anzusprechen. Sie gingen deshalb auch immer öfter getrennt in die Kantine. Nun spähte Riley fast stündlich durch das Fensterchen und alle paar Mal verfinsterte sich sein Gesicht mehr. Das morgendliche Öffnen des Portals führte er mit versteinerter Miene aus.

Das gierige Funkeln in Santos' Blick widerte ihn an, als die gefüllten Schubkarren dem bloßem Auge Goldglanz zeigten.

Nach einer Woche sagte Camarque: „Das müssen schon Zehntausende US-Dollar sein, die er zusammengescharrt hat."

„Im Hals soll es ihm stecken bleiben", schnaufte Riley gereizt. In der dritten Woche zog Santos plötzlich drei der Männer ab. Ihre Leichen fand man Tage später im Busch. Offizielle Version: Jagdunfall. Angeblich hatten sie sich beim Sturz von einem Felsen das Genick gebrochen.

Den Namen des Felsens wollte Riley lieber gar nicht wissen. Die unmenschlichen Bedingungen für die Minensklaven erzählten in einer ziemlich deutlichen Sprache.

Vor allem musste er noch vorsichtiger zu Werke gehen, als bisher. Fast wäre seine Neugier aufgeflogen, weil er gerade in dem Augenblick ein Fenster in die Zeit öffnete, als dort im Tunnel gesprengt wurde.

Riley erlitt ein Knalltrauma, das er sich nicht anmerken lassen durfte. Warum er oft nicht antwortet, schob Camarque auf seine schlechte Laune und ließ ihn in Ruhe. Santos redete vor Gier mit Händen und Füßen und Riley konnte sich vieles zusammenreimen. Arbeitstreffen hatten, seit die Ausbeute der Mine lief, auch nicht mehr stattgefunden.

Der Physiker hatte wohl riesiges Glück im Unglück. Nach fast drei Wochen ließen die Schmerzen langsam nach und das Gehör besserte sich. Seine Laune hingegen nicht.

Santos ließ Kinder und schwangere Frauen bis zum Umfallen schuften. Als der wieder einmal die Firma verließ und Camarque zur Toilette ging, öffnete Riley einen größeren Tunnel und huschte zur Grotte. Er schaute sich kurz um und verschwand sogleich wieder.

Er fand seine Beobachtungen der letzten Tage bestätigt, dass nur noch zwei Bewacher in der Mine waren. Wo der Dritte abgeblieben war, wusste er nicht. Ob Santos darüber informiert war, ebenfalls nicht.

An manchen Tagen wurde Camarque ins Chefbüro zum Rapport beordert, wo er auch gleich Daten für weitere Schürfgebiete erhielt.

Riley ahnte nicht, dass ihm Santos bereits misstraute. Hatte er doch völlig vergessen, dass ihr Arbeitsraum optisch überwacht wurde. So war es nicht ganz verborgen geblieben, dass er öfter den Raum verließ, als notwendig war, um zur Toilette zu gehen.

Vor allem verließ er ihn gerade dann verstärkt, wenn auch Camarque nicht anwesend war.

Santos brauchte den Spezialisten, das war der einzige Grund, weshalb er noch still hielt. In rund drei Wochen sollte der erste Wechsel erfolgen. Vielleicht war mit dem jungen Winkler ein erfreulicheres Arbeiten.

Dann konnte man ja auch versuchen, Miss Amy hierher zu locken … Dieser Gedanke überschwemmte plötzlich Santos' ganzes Denken. Sogar das Gold trat in den Hintergrund.

Mann musste doch nur diesen Mr. Stephens dazu bringen, Fehler zu machen. Ihn konnte man genau so gut als Druckmittel einsetzen!

Santos begann, Riley zu belauern. Er ließ noch zwei Außenkameras installieren und wurde rasch Zeuge, wie dieser mehrmals durch das Zeittor schlüpfte.

Die Charakterstärke des Engländers imponierte Santos trotz allem. Denn den interessierten die Schätze in der Grotte nicht, er schaute nur nach den Sklaven und zog sich sofort wieder zurück.

Wie dem auch war, er werde ihm für die Unverfrorenheit, Befehle zu missachten, einen Denkzettel verpassen, an den er sich noch lange erinnern sollte.

Ehe Santos den Gedanken richtig auskosten konnte, überschlugen sich die Ereignisse.

Innerhalb von zwei Tagen hatte es einen schweren Unglücksfall und eine Tote in der Mine gegeben und Riley war nachts durch den Zeittunnel geschlichen, um die Sklaven zu befreien. Der Einfachheit halber, weil auch nichts anderes greifbar war, hatte er sich eine Gasmaske übergestreift. Für Uneingeweihte sah das ja wirklich zum Fürchten aus.

Er gab Geräusche von sich, die die Eingeborenen in wilder Hast davonrennen ließen. Sie glaubten, der Berggeist sei erwacht und wolle sich dafür rächen, dass man seinen glänzenden Schatz gestohlen habe.

Es war zu erwarten gewesen, dass durch den Tumult auch die beiden Bewacher munter wurden. Der eine rannte den Flüchtigen hinterher, der andere Riley.

Kurz vor dem Tunnel hatte er ihn eingeholt. Riley spürte einen stechenden Schmerz am Hinterkopf, dann gingen ihm alle Lichter aus.

Santos wusste durch die Kameras schneller Bescheid als Camarque, den er in sein Büro beorderte, wo ihn sein Sekretär warten hieß.

Das Portal war noch offen, als Santos das Testgelände erreichte. Er winkte seinen Männern, zu ihm zu kommen. „Was war los?“

„Dieser Stephens hat heute Nacht die Eingeborenen freigelassen.“

„Verdammt! Wo steckt der Kerl?“

„Da!" Einer der Männer zeigte hinter sich. „Hab ihm einen Stein wohl etwas zu derb über den Schädel gezogen. Der ist mausetot."

Santos überlegte einen Moment. „Scharrt ihn in der Mine ein und verschwindet für ein paar Tage."

Er wartete, bis die beiden die Leiche in die Grotte gezerrt hatten, und mit ihren Rucksäcken durch das Zeittor traten. Dann drückte er den Aus-Schalter, worauf das Portal zusammenfiel. Santos steckte das Gerät in seine Jackentasche und fuhr zum Hauptgebäude.

„Monsieur Camarque, Sie können mir doch sicher sagen, wo Mr. Stephens steckt", sagte er, die Türklinke noch in der Hand.

„Ich schätze, im Büro", erwiderte Bruno Camarque irritiert.

„Da ist er nicht", erklärte Santos lauernd. „Seit gestern Abend versuche ich vergeblich, ihn zu erreichen. Er geht weder an sein Handy noch ist er in seiner Wohnung.

Wir sollten langsam das Portal öffnen. Die Männer warten seit Stunden, um das Gold loszuwerden."

„Den Zeitgenerator trägt Mr. Stephens stets am Mann", erklärte Camarque.

Santos schaute aus dem Fenster, damit Camarque den Triumph in seinem Gesicht nicht sehen konnte. Ohne sich umzudrehen wies er an: „Gehen Sie in Ihre Unterkunft und warten Sie auf Anweisungen."

Dann setzte sich Santos an seinen Laptop, um mit diabolischem Grinsen eine Email an Prof. Dr. Andreas Winkler in England zu verfassen.

Hallo Andreas, schicke mir umgehend ein Ersatzgerät nach Kolumbien. Ich hab Probleme und kann den

Defekt nicht finden. Es geht um Leben und Tod. Gruß Riley.

Zwei Stunden später kam die Antwort:

Hallo Riley, Amy fliegt morgen früh direkt nach Bogotá. Sie bringt Dir Ersatz. Ankunft übermorgen 7:10 Uhr. Halt die Ohren steif. Andreas.

Santos sprang auf. „Ich werde sie leiden lassen, bis sie sich mir freiwillig an den Hals wirft. Und ich will mein Gold", fügte er giftig hinzu.

Er schrieb eine kurze Antwortmail, dann zückte er sein Handy. „Monsieur Camarque, Sie holen übermorgen Miss Helmbrecht vom Flughafen ab." Er gab ihm Flugnummer und Ankunftszeit durch.

Andreas war die Entscheidung nicht ganz leicht gefallen. Er wusste, wie ungern Thomas Amy auf die Reise schickte. Nur, Thomas war zum Wettkampf, er selber konnte nicht weg und ein anderer war nicht verfügbar.

John, körperlich nicht mehr in der Lage, solche Strapazen auf sich zu nehmen, fiel auch aus. Außerdem hatten es alle im Voraus gewusst, dass Amy als Springer fungieren musste.

Andreas unterrichtete seinen Sohn auch sofort über die Mail von Riley und, dass Amy am nächsten Morgen fliegen werde. Das hatte für Thomas zur Folge, dass der schon beim Training in jedes Gerät Santos als Gegner hineindachte.

Bei einer Kampftechnik, die ursprünglich auf blankes Töten ausgelegt worden war, mit fatalen Folgen. Er zerlegte einen ganzen Trainingsraum und anschließend verbreitete sich ein Hauch von Ratlosigkeit und die Rede von einer gnadenlosen Kampfmaschine unter seinen Wettkampfgegnern.

Am Vorabend von Amys Reise telefonierte er noch einmal ausgiebig mit ihr. „Geht es dir auch wirklich gut?", fragte er besorgt, denn Amy war in den letzten Tagen öfter übel gewesen und sie kam morgens nur schwer in die Gänge.

„Ja, ja, alles bestens", versuchte sie, ihn zu beruhigen, womit sie das genaue Gegenteil erreichte. „Du weißt doch, dass Unkraut nicht so schnell vergeht."

„Am liebsten würde ich morgen das Viertelfinale sausen lassen und auf den ganzen Kram verzichten", gab Thomas beunruhigt zu.

„Untersteh dich!", rief Amy. „Erst ein ganzes Jahr wie ein Irrer trainieren und am Ende kneifen."

Thomas schüttelte amüsiert den Kopf. „Hast du mich jemals kneifen sehen?"

„Nein. Dann tu es gefälligst auch jetzt nicht."

„Ooooops. Dir scheint ja fast mehr daran zu liegen, dass ich gut abschneide, als mir", staunte er. Er wusste ganz genau, dass sie im Normalfall im Publikum gesessen und ihn angefeuert hätte. Nur war es nicht gut, seit man den ungeschriebenen Vertrag mit Santos eingegangen war, andere Arbeiten ruhen zu lassen.

„Natürlich liegt mir sehr viel daran", erwiderte Amy. „So kannst du es denen am besten heimzahlen, die dir deinen plötzlichen beruflichen Aufstieg missgönnen. Zeig ihnen, dass du sehr wohl auf mehreren Hochzeiten sehr erfolgreich tanzen kannst, wie es mein Vater nennt.

Dass ich es genießen werde, dich wie immer ganz vorn in der Rangliste sehen zu können, weißt du. In vier Tagen bin ich ja auch wieder zurück und werde mir die Endkämpfe anschauen. Und erzähle mir jetzt nicht, dass du nicht bis in diese kommst. Das Kleinholz der letzten Stunden sagt mir genug."

Sie streichelte auf dem kleinen Monitor sein Gesicht, als könne sie ihn wirklich berühren.

„Ich werde mir Mühe geben. Pass du bitte gut auf dich auf. Ich liebe dich."

Amy lächelte, blinzelte: „Ich liebe dich auch. Bis bald."

Thomas saß noch lange und grübelte. War es bei Amy wirklich nur ein kurzes Unwohlsein gewesen oder steckte mehr dahinter. Er hatte sogar in den Schub ihres Nachtschränkchens gespäht.

Eine Packung Xaron 4000 lag ja drin – er hatte nur nicht nachgeschaut, ob sie voll war. Möglich, dass sie es nicht war und Amy etwas verschwieg, damit er sich keine Sorgen machte, solange er an den Meisterschaften teilnahm.

Nun machte er sich gerade welche und ließ dies am nächsten Tag gleich wieder an seinen Gegnern aus. Wichtig war nur, dass er die Kampfregeln einhielt, um nicht disqualifiziert zu werden. Auf alle Fälle sorgte er für reichlich Arbeit bei den Sanitätern.
Hätte er geahnt, was sich in Kolumbien gerade zusammenbraute, wäre er an Amys statt sofort dahin geflogen und vielleicht zu einer Bestie mutiert.

Eine starke Frau

Bruno Camarque holte Amy vom Flughafen ab.

„Ich hoffe, Sie hatten eine angenehme Reise", sagte er lächelnd.

„Danke der Nachfrage. Keine Turbulenzen", entgegnete sie und schaute sich um. Eigentlich sollte Riley hier sein, statt Camarque.

„Ich sehe Ihnen deutlich die Fragen an", murmelte der Franzose. „Nur beantworten kann ich sie nicht. Mr. Stephens ist seit vorgestern Abend wie vom Erdboden verschluckt."

Amy fuhr herum und starrte ihn entsetzt an. „Dann ist das hier eine Falle?"

Camarque erwiderte mit zusammengezogenen Augenbrauen ihren Blick. „Auch das weiß ich nicht."

„Was wissen Sie überhaupt?!" Amy hätte ihn am liebsten geohrfeigt.

Bruno zuckte hilflos mit den Schultern.

„Tut mir leid", flüsterte Amy. „Ich wollte Sie nicht beleidigen."

Camarque startete den Wagen und fädelte sich in den dichten Verkehr ein. Er schien es nicht eilig zu haben, den Firmensitz zu erreichen, denn sie wurden von unzähligen Fahrzeugen überholt.

„Was ist los?", fragte Amy.

Camarque hob kurz beide Hände. „Ich habe Angst."

„Wie???"

„Ja, verdammt, ich habe Angst."

„Wovor?"

„Vor Santos, vor der Vergangenheit, vor der Zukunft und vor allem vor meiner Hilflosigkeit", erklärte

Camarque fast flüsternd, in Erwartung einer zynischen Antwort, wie sie Riley zu geben pflegte.

Amy schwieg.

Damit traf sie ihn fast noch tiefer als mit Vorwürfen.

„Wären Sie sehr böse, wenn wir eine kurze Kaffeepause einlegen?", fragte er plötzlich.

„Wenn es der Zeitplan hergibt", gab sie kurz zurück, ohne ihn anzuschauen. Aus den Augenwinkeln bemerkte sie allerdings das leichte Zittern seiner Hände. Nun wandte sie sich ihm doch noch zu. „Wollen Sie reden, um Ihr Gewissen zu beruhigen?"

„Vielleicht später. Ich muss mir erst selber klar darüber werden, was eigentlich geschieht."

„Eine riesengroße Sauerei. Wenn Sie meine Meinung hören wollen."

„Ja, ich weiß. Und irgendwie fühle ich mich schuld daran."

„Irgendwie???" Amy lachte auf. „Sind Sie nicht der Datendieb, der alles erst ins Rollen brachte?"

„Ja. Nein!" Bruno Camarque ballte die Fäuste. „Nein – nein ich …"

„Also doch lieber reden?", vergewisserte sich Amy vorsichtig.

„Nein. Heute definitiv nicht." Camarques Gestalt straffte sich. „Kommen Sie, genehmigen wir uns ein ordentliches Mittagessen. Eins ohne Totalüberwachung durch Señor Santos."

„Als Henkersmahlzeit?" Amy blieb am Auto stehen.

Bruno drehte sich kurz um. „Möglich. Aber auch da bin ich von jeder Ahnung unbeleckt. Ich habe nur ein hundsmiserables Gefühl."

Amy lief ihm nach, packte seinen Arm, riss ihn herum und funkelte ihn wütend an.

Als Antwort bekam sie nur ein resigniertes Kopfschütteln. Offensichtlich wusste Camarque wirklich nicht, was sein Brötchengeber diesmal ausgebrütet hatte. Er wirkte so unsicher, dass sich in Amy echtes Mitleid regte.

„Miss Amy, wenn er mich nicht mehr braucht, dann putzt er mich einfach von der Platte."

„Aber das kann er doch nicht machen!"

„Er kann und er wird." Der Franzose hielt ihr die Tür auf und führte sie zu einem Zweiertisch am Fenster.

Das schmackhafte Essen nahmen sie schweigend ein. Amy hielt es für besser, ihn nicht noch wirklich zu verärgern. Sollte die Information stimmen und Riley tatsächlich verschwunden sein, dann war er der Einzige, mit dem sie halbwegs rechnen konnte.

Eine Stunde später zahlte Camarque, um regelrecht widerwillig die letzten 30 Kilometer in Angriff zu nehmen. Amy, die sich eigentlich auf die Reise gefreut hatte, weil es ihr erster Aufenthalt in Kolumbien war, hockte stumm neben ihm.

Kurz vor dem Verwaltungsgebäude meldete Camarque die Ankunft. Zu seiner größten Verwunderung erschien Santos persönlich, um die Britin in Empfang zu nehmen.

Amy überlief eine Gänsehaut. „Jetzt geht es mir wie Ihnen", raunte sie Camarque zu. „Ich bekomme gerade ein hundsmiserables Gefühl."

Camarque öffnete ihr die Autotür, half ihr beim Aussteigen und holte das Gepäck aus dem Kofferraum.

„Bringen Sie den Wagen weg und kommen Sie sofort wieder her", befahl Santos. „Wir werden auf Sie warten."

Erst jetzt wandte er sich Amy zu. „Meine liebe Miss Helmbrecht, es ist mir eine Freude, Sie in meinem bescheidenen Unternehmen begrüßen zu dürfen."

„Die Freude ist ganz meinerseits", sagte Amy automatenhaft. Sie hoffte inständig, dass Bruno gleich wieder auftauchen werde.

„Sie haben den Zeitgenerator mit?", fragte Santos sofort.

In Amy schrillten sämtliche Alarmsignale. „Ja, was sonst? Das ist schließlich der Grund meines Hierseins. Ich werde das defekte Gerät mit zur Reparatur nehmen. Mr. Stephens dürfte den Fehler in seinem Labor sicher finden. Nächsten Monat wird ja schon durch Mr. Winkler abgelöst."

„Ja, natürlich, Mr. Stephens wird ihn bestimmt finden. Dessen bin ich mir ganz sicher."

Der halb spöttische, halb lauernde Unterton gefiel Amy nicht. Was war mit Riley geschehen? Santos werde ihr kaum die Wahrheit sagen. Inzwischen fragte sie sich sogar schon, ob der Physiker überhaupt noch lebte. Möglicherweise hatte ihn Santos auch einfach von der Platte geputzt, wie es Camarque nannte.

Der kam soeben um die Hausecke, nahm ganz selbstverständlich Amys Gepäck auf, um es in das Glas-Foyer zu tragen.

Santos hatte es plötzlich überaus eilig. Er überholte den Franzosen, öffnete sogar die Tür, stellte den Stopper fest und bat Amy mit einer angedeuteten Verbeugung herein. Bruno folgte ihr mit zwei Schritten Abstand.

Auch wenn Amy gerade noch die lederbezogene Sitzgruppe vor Augen hatte, landete sie nicht in einem

Gebäude. Sie fand sich irgendwo im Dschungel am Eingang einer Grotte wieder.

„Oh, mein Gott!", hauchte Camarque hinter ihr.

Santos lachte meckernd. „Der wird euch jetzt auch nicht helfen."

Camarque ließ das Gepäck fallen und stürzte mit gekrümmten Fingern auf den Kolumbianer zu. Nur hielt dieser im Bruchteil einer Sekunde einen Revolver in der Hand. Anderenfalls hätte ihn Camarque garantiert mit eigenen Händen erwürgt.

„Versuch das nie wieder", zischte Santos, die Waffe Bruno an die Schläfe haltend. Und an Amy gewandt. „Her mit der Zeitmaschine!"

Sie nickte und holte das Gerät aus der Lederhülle. Santos riss es ihr aus der Hand und war mit zwei schnellen Sprüngen im Zeittunnel verschwunden.

„Und nun?", fragte Amy.

„Ich weiß es nicht", flüsterte der Franzose und schloss die Augen. „Wenn er nicht will, dann kommen wir hier nie wieder weg."

„Warum frage ich überhaupt", seufzte Amy, nahm eine warme Jacke aus der Tasche, zog sie demonstrativ über, hob die Tasche auf und ging langsam auf den Eingang der Grotte zu.

Ob ihr Camarque folgen werde oder nicht, interessierte sie nicht. Sie wollte noch vor Einbruch der Dunkelheit eine halbwegs sichere Stelle finden.

Bruno war mit geschlossenen Augen stehen geblieben. Amys gellender Schrei, der durch die Grotte verstärkt wurde, riss ihn jäh aus allen Gedanken.

Er rannte ihr hinterher, sprang über Felstrümmer und fand die Britin schließlich weinend neben etwas Langgestrecktem Dunklem, das auf dem Boden lag.

Sie schaufelte mit bloßen Händen kleine Gesteinsbrocken zur Seite.

„Was ist das?"

Amy wandte sich um, wischte sich mit den schmutzigen Fingern die Tränen weg. Im Normalfall hätte Camarque jetzt lauthals aufgelacht. Die schwarzen Streifen erinnerten stark an entartete Kriegsbemalung.

Allerdings lag in ihren Augen solch eine Verzweiflung, dass er zurückzuckte.

„Sie haben Riley umgebracht und hier verscharrt", stieß sie düster hervor und schaufelte weiter, bis der Kopf des Mannes völlig frei lag. Sie riss ein Streichholz an, um besser sehen zu können.

Camarque nahm ihr die Packung aus der Hand. „Nicht verschwenden. Ich hole Holz. Bin sofort wieder da."

Amy schichtete weiter Steine um, bis sie den ganzen Oberkörper des Physikers freigelegt hatte. Das blutige Hemd ließ sie erschaudern. Vielleicht hatte man ihn ja erstochen? Sie fürchtete sich davor, eine klaffende Wunde zu finden.

Bruno kam wieder, steckte einen Ast in Brand und beleuchtete notdürftig die Szene. „Man hat ihm wohl den Schädel eingeschlagen. Sehen Sie nur! Das viele Blut am Hinterkopf und dort ein Stein, der ebenfalls blutig und voller Haare ist."

Amy schluchzte auf. Sie streichelte das schmutzverschmierte Gesicht des Toten. Legte ihren Kopf auf seine Brust, um endgültig Abschied zu nehmen.

Das Blut rauschte in ihren Ohren, sie hörte sogar ihr Herz schlagen – leise und unregelmäßig. Ihr Herz? Amy lauschte, hob den Kopf etwas an, fühlte mit den Fingerspitzen nach Rileys Halsschlagader.

„Wasser! Schnell! Geben Sie mir die Flasche aus meiner Tasche." Sie fasste nach hinten, ohne weiter auf Bruno zu achten.

Der riss mit zitternden Händen das Mineralwasser aus der Seitentasche, schraubte den Verschluss ab und reichte es Amy. Dabei war er weit entfernt, daran zu glauben, dass Riley das alles überlebt haben sollte.

Amy befeuchtete gründlich ihr Taschentuch und tupfte damit Rileys Gesicht ab. „Riley, bitte wach auf. Ich weiß, dass du nicht tot bist. Riley bitte, ich bin's, Amy."

Mit dem nassen Zipfel des Tuchs entfernte sie den Staub aus Rileys Nasenlöchern, um schließlich mit den Fingerspitzen zwischen seinen Lippen nachzutasten, ob sich dort auch Staub abgesetzte hatte.

Er hatte die Zähne so fest aufeinandergebissen, dass Bruno murmelte: „Totenstarre."

„Blödsinn", gab Amy zurück und schob eines der Augenlider des Schwerverletzten hoch. Sie schaute sehr genau hin. „Hab noch nie einen Pupillenreflex bei einer Leiche gesehen."

Sie begann Rileys Arme zu reiben. „Riley, bitte wach auf. Mach mir doch nicht noch mehr Angst, als ich schon habe!"

Die Finger der rechten Hand schienen sich bewegt zu haben. „Ja, weiter so! Du schaffst es."

„Das ist durch Ihre Massage", versuchte Bruno zu erklären.

„Na, sicher ist es dadurch", rief Amy. „Das ist ja Sinn und Zweck der Sache, dass der Kreislauf wieder angekurbelt wird."

Als Camarque etwas erwidern wollte, blieb ihm jedes Wort im Hals stecken, denn der vermeintliche Tote schlug die Augen auf.

Amy lachte unter Tränen und streichelte wieder Rileys Gesicht. Sofort begann der Franzose, die Steine wegzusammeln, die noch immer Unterkörper und Beine des Physikers bedeckten.

Dann half er Amy, den Inhalt ihrer Reisetasche unter Kopf und Rücken des Patienten zu verteilen, um ihn weich und etwas höher zu lagern.

Nun setzte sich Amy neben Riley und flößte ihm, beinahe tropfenweise, Wasser ein. Sie hatte unendliche Geduld. Auch auf Ansprache durch ihn rechnete sie nicht. Er musste sich erst einmal so weit stabilisieren, dass er wenigstens frei atmen konnte.

Bruno ging auf die Suche nach Wasser. Irgendwoher waren die vielen Sklaven ja schließlich auch damit versorgt worden. Außerdem ließ Santos das Feinmaterial stets noch einmal aufschlämmen.

Er wurde wenige Meter neben dem Bergwerk fündig, noch bevor die Sonne endgültig verschwand. Er füllte mehrere ausgehöhlte Flaschenkürbisse und trug sie in die Höhle.

Zuletzt entfachte er ein wärmendes Feuer für die Nacht, welches auch ungebetene Besucher, in Form der unmöglichsten Tiere, abhalten sollte.

Amy hatte Riley mit allem zugedeckt, was sie noch irgendwie entbehren konnte.

Bruno begann, trotz des Feuers, irgendwann mit den Zähnen zu klappern. Er lag ziemlich in der Mitte des Tunnels, wo es fürchterlich zog.

Amy fingerte eine Rettungsfolie aus ihrer kleinen Handtasche und reichte sie dem völlig verdutzten Fran-

zosen. „Habe ich immer dabei. Weil man ja nie weiß …
Keine Ahnung, warum ich erst jetzt daran denke."

Er bedankte sich erfreut, wickelte sich hinein und
spürte schon bald, dass sich sein Wärmehaushalt etwas
regulierte.

Amy schreckte alle paar Minuten hoch, schaute nach
Riley, schob neues Holz in die Glut und döste wieder
ein.

Gegen Morgen glaubte sie, ein leises Stöhnen gehört
zu haben. Sofort war sie auf den Beinen und beugte
sich über den Physiker. Sie konnte sogar seinen Atem
spüren.

„Hast du Durst?", fragte sie leise.

Die unartikulierten Laute identifizierte sie als Zustimmung. Sofort flößte sie ihm wieder Flüssigkeit ein und
diesmal schon in kleinen Schlucken.

„Danke", hauchte Riley schließlich.

„Keine Ursache. Irgendwie kriege ich dich schon wieder auf die Beine." Amys Augen strahlten.

Bruno schüttelte staunend den Kopf. Diese zerbrech-
lich wirkende Lady hatte Unglaubliches auf dem Kasten.

„Wir müssen ihn gut verstecken, bis er wieder fit ist",
wandte sich Amy an Bruno. „Sonst erschießt ihn Santos womöglich noch, bevor wir einen Weg in unsere
Zeit finden."

„Glauben Sie wirklich, dass uns der saubere Señor
Santos wieder laufen lässt?", fragte Camarque zurück.

„Vielleicht finden uns ja auch meine Leute", warf
Amy ein. „Sie denken doch wohl nicht, dass die Däum-
chen drehen, wenn ich mich nicht täglich zwei Mal mel-
de?"

„Amy", krächzte Riley mühsam.

Sofort war sie bei ihm. „Wie kann ich dir helfen?“

„Mit einer Ente“, lautete die geflüsterte Antwort.

„Dürfte hier schwer werden“, überlegte Amy. „Aber eine leere Wasserflasche tut es ja auch.“ „Monsieur Camarque, diesmal sollten Sie lieber Hilfestellung geben.“

Der Franzose brauchte ein Stichwort, um zu begreifen. Amy schmunzelte. „Er hat Wasser aufgenommen, also muss er es auch wieder abgeben. Er kann sich selber derzeit kaum bewegen, also braucht er Hilfe. Bitteschön, hier ist die Flasche.“

Camarque übernahm wortlos die Flasche und diesen Teil der Krankenpflege. Er brachte sie anschließend auch hinaus und ausgespült wieder herein.

„Wenigstens funktioniert das erst mal reibungslos“, stellte Amy zufrieden fest. „Atmung klappt, sprechen geht auch …“

„Denken fängt an“, flüsterte Riley.

„Sag mal, spürst du eigentlich deine Beine?“ Amy fasste eines seiner Knie und bewegte es leicht.

„Deutlicher, als mir lieb ist“, presste Riley zwischen den zusammengebissenen Zähnen hervor.

„Trotzdem gut“, stellte Amy fest. „Wirbelsäule halbwegs in Ordnung.“

„Nett ausgedrückt“, stöhnte Riley.

Amy lachte: „Galgenhumor kommt auch wieder. Fazit: Riley, der Fantastische, ist wieder da.“

Dass das so war, hätte sie spätestens gemerkt, als er Bruno fragte: „Sie hat man wohl strafversetzt?“

„Lass ihn in Ruhe“, bat Amy. „Es hat nicht viel gefehlt und er hätte gestern einen Kopfschuss kassiert. Überlegen wir lieber gemeinsam, wie wir das Leben erträglich gestalten. Streit muss ich im Augenblick wirklich nicht haben. Versucht bitte, irgendwie miteinander auszukommen."

Die Männer sahen sich an und Bruno nickte.

„Ich gehe mich erst mal waschen und umziehen", legte Amy fest.

„Nimm Camarque mit", schlug Riley vor. „Hier gibt es eine Menge Viehzeug. Wenn ihr zufällig eine kleine Würgeschlange findet, bringt sie mit. Anderes Essen gibt es vorerst nicht."

„Wird gemacht", versprach Amy, während Bruno mit offenem Mund zwischen den beiden hin und her schaute. Offenbar meinten es beide ernst.

„Passen Sie gut auf Amy auf!", rief ihnen Riley noch hinterher.

Camarque hätte diese Aufforderung nicht gebraucht, denn Miss Amy war die, die hier wirklich einen klaren Kopf behalten hatte. Ohne sie hätte er sich wohl schon vom nächsten Felsen gestürzt.

Amy streifte am Bach ihr helles Kostüm ab, dessen beige Farbe kaum noch zu erkennen war. Nur mit Slip bekleidet schöpfte sie Wasser. Bruno nahm seine Aufgabe als Wächter sehr ernst, obwohl er liebend gern etwas mehr von der gertenschlanken Figur gesehen hätte, die ihm den Rücken zuwandte.

Santos hatte Amy als schwächstes Glied der Kette auf der Rechnung gehabt. Ein fataler Fehler für diesen, wie Camarque genüsslich grinsend feststellte. Ihre mentale Stärke werde der Kolumbianer sicher noch zu spüren bekommen.

„So, nun fangen wir uns noch ein leckeres Frühstück", hörte er sie plötzlich sagen und drehte sich um.

Sie trug hautenge Jeans, ein kariertes Hemd und hatte das lange Haar zu einem Knoten gedreht. Das Kostüm hatte sie platzsparend zusammengerollt. Nach einer halben Stunde Suche fasste sie blitzartig zu, um etwas aus dem hohen Gras zu ziehen.

„Na, wer sagt es denn." Sie präsentierte eine, etwa meterlange Schlange, die sich heftig wehrte.

Camarque schüttelte sich. „Die wollen Sie wirklich essen?"

„Wir", präzisierte Amy ungerührt. „Ich muss nur noch ein Messer oder ein Beil finden, um sie zu töten. Ziemlich kräftig das Kerlchen."

„Nehmen Sie mein Kostüm mit rein, ich die Schlange. Sie sehen nicht aus, als ob sie sich mit solch netten Tierchen auskennen."

Bruno wusste nicht, ob er lachen oder weinen solle. Miss Amy bändigte gekonnt das Reptil, wie es ihr der Schlangenpräparator mehrmals beschrieben hatte.

„Ah! Frühstück naht!" Riley versuchte, den Kopf zu heben.

„Bleib liegen! Ich muss sie erst noch schlachten."

„Kommst du allein klar?"

„Werde ich müssen", schmunzelte Amy. „Ihr seht beide nicht aus, als ob ihr mir eine große Hilfe wärt."

„Weiter hinten liegen Werkzeuge", verriet Riley. „Da sind auch riesige Kneifzangen dabei."

„Gut, dann breche ich ihr das Genick." Amy machte ich sich auf die Suche.

Sie fand einen breiten Meißel und einen Hammer, klemmte die Schlange mit dem Fuß zwischen zwei Felsbrocken fest und tötete das Reptil mit zwei Schlägen.

„In meiner kleinen Tasche, ganz vorn links ist ein scharfes Taschenmesser", rief sie nach vorn.

Bruno brachte es ihr und schüttelte sich, als er das viele Blut auf dem Boden sah.

„Ich bin kein Profi“, erklärte Amy. „Aber sie hat nicht lange leiden müssen. Beim Abhäuten bräuchte ich doch etwas Hilfe. Sie beißt ja nicht mehr.“

Camarque überwand mühsam seinen Ekel, als er die Haut abzog.

„Das war harmlos“, kommentierte Amy. „Die Schweinerei geht erst jetzt richtig los, wenn ich sie ausnehme.“ Sie trug ihre Beute vorsichtshalber hinaus. „Fachen Sie schon mal das Feuer an und suchen ein paar gerade dünne Stöcke, damit wir sie grillen können.

Am besten stapeln Sie noch ein paar Steine auf, damit wir die Spieße nicht die ganze Zeit in der Hand halten müssen“, rief sie Bruno noch zu.

Riley nickte zufrieden. Amy wusste genau, wann sie stark sein musste. Wie gern hätte er ihr geholfen. Dagegen schienen die Folgen des hohen Blutverlustes etwas zu haben. Er konnte sich nicht einmal in eine bequemere Position bringen.

Schließlich bat er Bruno, ihm zu helfen. Der Franzose war auch sofort zur Stelle und gestaltete Rileys Krankenlager ganz nach dessen Wünschen um.

Amy freute sich, wenigstens in dieser Hinsicht Unterstützung zu bekommen. Sie wand die ausgenommene Schlange im Ganzen um einen Ast, weil das Zerteilen ziemlich mühsam war. Das gegarte Fleisch ließ sich bestimmt leichter von den Knochen lösen.

Bald duftete es nach Gegrilltem. Sogar Brunos Magen begann zu knurren.

Riley lachte. „Ein Mensch muss hier essen, was er findet, wenn er überleben will. Wir werden selten genug Braten haben.“

Hin und wieder wendete Amy das Fleisch. Nach einer dreiviertel Stunde kostete sie.

„Fast perfekt. Daran, dass Salz fehlt, müssen wir uns halt gewöhnen.“

Gekonnt zerlegte sie das Reptil und teilte das Fleisch gerecht aus. Für Riley schnitt sie es in kleine Häppchen, die er mit etwas Mühe allein zum Mund befördern konnte.

„Hab ich eigentlich schon danke gesagt?“, überlegte der Physiker laut.

„Musst du das?“, antwortete Amy. „Sind Freunde nicht da, einander zu helfen?“

„Ich schätze, du hast mehr für mich getan“, seufzte Riley.

Sie hielt ihm einen Finger auf den Mund. Hin und wieder warf sie Camarque einen forschenden Blick zu. Der hatte sich wohl in sein Schicksal gefügt und ebenfalls begonnen, das Schlangenfleisch zu essen.

„Schmeckt nicht mal übel“, gab er schließlich zu.

Rileys Flucht

Nach dem Essen ließ sich Amy detailliert erzählen, weshalb man Riley aus dem Weg schaffen wollte. Camarque war tatsächlich völlig unschuldig, wie der Physiker mehrfach betonte.

„Ich habe mich wohl zu oft in Santos' Angelegenheiten gemischt", begann Riley. „Eigentlich sollten Thomas und ich ja nur die Zeitmaschine bedienen. Aber ich kann nun mal nicht wegsehen, wenn er mit voller Brutalität gegen völlig Wehrlose vorgeht.

Zuerst habe ich vorgehabt, mit wohlgesetzten Worten zu versuchen, ihm ins Gewissen zu reden. Nur setzt so was überhaupt ein Gewissen voraus. Bei Santos ist nicht mal ein Rudiment davon vorhanden.

Dann bin ich dazu übergegangen, ihm direkt ins Handwerk zu pfuschen. Als ich vor drei Tagen seine Sklaven davonjagte, haben mir seine Schergen halt eins über den Schädel gezogen."

„Du hast was???" Amy riss die Augen auf.

„Ja, ich war so frei, seine Sklaven zu verscheuchen."

„Was war geschehen?"

Riley zog die Augenbrauen zusammen und schluckte. „Sie hatten einen ganzen Familienverband zur Sklavenarbeit gezwungen, indem sie die Menschen mit Taschenspielertricks gefügig machten. Diese haben die Ganoven für Götter, oder was weiß ich, gehalten."

Der Physiker zog die Nase hoch. „Zwei Frauen waren hochschwanger."

„Und weiter?", bohrte Amy.

„Die eine erlitt eine Fehlgeburt. Santos’ Leute haben sie eine Stunde später gezwungen, weiterzuschuften …“

„Diese Dreckschweine“, murmelte Amy wenig ladylike.

„Die andere versuchte, zu fliehen und wurde erschossen“, fügte Riley an. „Da konnte ich nicht mehr zusehen. Und ich würde es wieder tun, selbst wenn ich die Kugel abbekäme.“

Camarque hatte die Hände vor das Gesicht geschlagen. Amy wischte ein paar Tränen weg.

„Bevor dieses miese Stück wieder auftaucht, musst du fit sein“, sagte sie mit Nachdruck. „Du wirst dich tagsüber möglichst außerhalb der Grotte verstecken und ungesehen durch den Tunnel verschwinden, wenn irgendeiner von Santos’ Handlagern hierher kommt.

Es weiß ja keiner, dass du überlebt hast. Also dürfte es dir sogar gelingen. Versuche, mit unseren Leuten Kontakt aufzunehmen und Hilfe zu holen.“

„Stecken Sie das ein.“ Camarque reichte ihm sein Handy. „Hier funktioniert es ja doch nicht und in der richtigen Zeit ist genug Saft auf dem Akku, um mehrere Anrufe zu tätigen.

Auf Speicherplatz eins ist eine wirklich vertrauenswürdige Person zu erreichen, die Ihnen helfen wird. Sagen Sie Grüße von mir, und, der Vulkan sei ausgebrochen. Sie werden Geld erhalten, mit dem Sie nach Hause zurückkehren können.“

Riley drückte dankbar Camarques Hand, bevor er das Gerät in seiner Hosentasche verschwinden ließ.

Gegen Abend versuchte er, das erste Mal aufzustehen. Mit den Worten: „Wird nichts“, sackte er in die Knie.

Amy und Bruno hielten ihn zuverlässig, sodass er ganz langsam auf seinen Platz zurückglitt.

„Scheiß Gehirnerschütterung“, klagte Riley. „Mir ist sofort schwarz vor Augen und kotzübel geworden.“

„Morgen ist auch noch ein Tag“, tröstete ihn Amy.

Bruno machte sich inzwischen nützlich, indem er nach essbaren Wurzeln und Kräutern suchte.

Amy ließ sich vorsichtshalber die ganzen Pflanzen bringen, um sie exakt bestimmen zu können. „Es muss nicht schmecken“, erklärte sie, „Hauptsache es ist ungiftig und füllt den Magen.“ Sie suchte auch die besten und nahrhaftesten Stücke für Riley heraus, der schnell wieder zu Kräften kommen musste.

Drei Tage später wechselte Riley in seine Trotzphase, wie er es scherzhaft nannte. Das äußerte sich in Versuchen, Amy bei der Fürsorge um ihn, zu widersprechen. Allerdings blieb es bei Versuchen. Amy hatte eindeutig die besseren Argumente.

Camarque brach einige Male in schallendes Gelächter aus, wenn sich die beiden mit todernsten Mienen widersinnige Wortgefechte lieferten.

„Ich denke, morgen wird Santos hier auftauchen“, sagte Riley eines Abends. „Zumindest wäre es der übliche Rhythmus.“

Bruno sprang auf und begann, Steine aufzuhäufen.

„Was ist denn jetzt los?“, fragte Riley überrascht.

„Schon vergessen? Sie sind tot!“ Bruno stapelte unverdrossen weiter.

„Stimmt!“ Amy half ihm rasch, das Pseudograb herzurichten. Nach ein paar kritischen Blicken murmelte sie. „Reicht. Es darf nicht zu perfekt aussehen.“

Riley lief es eiskalt den Rücken hinunter. „Kaum zu glauben, dass du mich gefunden hast und auch noch retten konntest. Ich werde versuchen, mich so schnell es geht zu revanchieren."

Amy umarmte ihn ganz fest. „Viel Glück! Du wirst es brauchen."

„Danke für alles." Riley streichelte Amy und reichte Bruno die Hand.

Noch vor Sonnenaufgang verließ Riley die Höhle und verschanzte sich hinter einem Abraumhügel. Bruno begleitete Amy auf ihrem Gang für dringende Bedürfnisse, wie er es immer tat, wenn der Physiker nicht verfügbar war.

Auf dem Rückweg nahmen sie einige Wurzeln mit, um wenigstens etwas im Magen zu haben, falls Santos tatsächlich auftauchen sollte. Die Reste des Schlangenbratens vom Vortag hatte sie Riley überlassen, die sich dieser auch sofort mit in die Hosentaschen stopfte.

Argwöhnisch beobachteten sie den Vorplatz der Mine.

„Achtung" wisperte Camarque plötzlich. „Da baut sich gerade ein Portal auf."

„Es kommt nur einer", hauchte Amy zurück, die das deutlich an der Größe des Zeittunnels abgelesen hatte. „Wir locken ihn hierher, damit Riley unangefochten türmen kann."

Bruno drückte zustimmend ihren Arm.

Santos erschien persönlich, um den Zustand seiner Verbannten zu überprüfen. Wie er eine Hand in der Hosentasche hielt, ließ vermuten, dass sich in selbiger eine geladene Pistole befand.

„Jemand zu Hause?", fragte er spöttisch.

Die beiden in der Höhle rührten sich nicht. Riley machte sich fluchtbereit.

„Halli, hallo!", witzelte Santos und lauschte. „Keiner da? Dann gehe ich wieder!"

„Moment!", rief Camarque mit Grabesstimme. „Miss Amy ist krank, ich kann sie nicht einfach allein lassen."

„Dann komme ich rein! Und keine krummen Touren! Ich bin bewaffnet!"

„Ich habe andere Sorgen", entgegnete Camarque gereizt. Dabei beobachtete er mit Adleraugen das Portal.

Kaum hatte Santos drei Schritte in die Höhle getan, als Riley aus seinem Versteck huschte und, ohne sich umzuschauen, in den Zeittunnel abtauchte.

„Alles wird gut", sagte Bruno das vereinbarte Stichwort zu Amy, die sich hingelegt hatte und die Leidende mimte.

„Ach ja?", schnappte Santos. „Darauf würde ich, an Ihrer Stelle, nicht wetten. Stirbt sie, dann hat es sich auch für Sie erledigt. Sehen Sie zu, dass sie sich wieder erholt."

„Wie denn, ohne Nahrung?", erwiderte Camarque bitter. „Ich kenne mich mit dem Grünzeug nicht aus und sie ist kaum in der Lage, den Kopf zu heben."

Santos trat näher. Im Dämmerlicht entging ihm, dass die dunklen Augenringe der Schwerkranken von ein bisschen Dreck vom Boden herrührten.

„Schade, so hatte ich mir das eigentlich nicht vorgestellt", murmelte er. „Weiber halten eben nichts aus. Ich hätte lieber gesehen, wie sie umkippt, wenn ich ihr von Mr. Stephens Ende erzähle. Da kann man halt nichts machen."

Er wandte sich zum Gehen. „Bis Morgen, meine Lieben, falls ich denn Lust habe, die Bitte um Essen zu erfüllen."

Aufreizend langsam spazierte er in das Portal.

Amy blieb noch ein paar Minuten liegen, ehe sie aufsprang und Bruno um den Hals fiel. „Danke. Riley ist raus und Santos hat keinen Verdacht geschöpft. Perfektes Schauspiel."

Bruno lächelte schmal. „Hab ich von einer jungen Britin, namens Amy, gelernt. Die ist echt gut, wissen Sie …"

Amy lachte herzlich.

Riley betrat die reale Welt in Santos' Büro. Bestens mit den Örtlichkeiten vertraut, fand er schnell einen Weg hinaus. Amy hatte seine Kleidung gewaschen, wodurch er nicht weiter auffiel. Der Firmenleitung ging er aus dem Weg.

Vor den Arbeitern brauchte er sich nicht zu verstecken. Einer von ihnen schenkte ihm seine Schirmmütze, damit er seine Platzwunde einigermaßen vor der Sonne schützen konnte. Santos werde das auf gar keinen Fall erfahren. Mit dem Fußvolk gab der sich nicht ab.

Der Wachdienst ließ ihn durch, schließlich kannte man ihn. Riley schlug sich per Anhalter zur nächsten Ortschaft durch, von wo aus er Camarques Kontaktmann anrief.

„Bleiben Sie, wo Sie sind", versprach der, wie es Bruno vorausgesagt hatte. „In den der nächsten halben Stunde naht Hilfe."

Riley lehnte sich an den Stamm eines Baumes und wartete ab, was geschehen werde. Es dauerte nicht einmal lange, bis ein klappriges Motorrad nahte. Der Fahrer, ein alter Mann, hielt direkt auf den Briten zu.

„Hab gehört, Sie wollen zum nächsten Flugzeug?"

„Kann man so sagen", entgegnete Riley überrascht.

„Steigen Sie auf, ich bringe Sie hin.“

Der Physiker gehorchte.

Zwei Stunden später fand er sich am Rande eines kleinen Rollfeldes mitten im Dschungel wieder. Der Alte verhandelte wild gestikulierend mit dem Piloten. Ein Bündel Geld wechselte den Besitzer und Riley durfte einsteigen.

Der Alte setzte sich neben ihn. „Das bin ich ihm schuldig“, sagte er kurz. „Hat meinem Sohn in den USA Arbeit besorgt.“

Riley ahnte, dass er damit Bruno meinte.

„Ich bringe Sie nach Bogotá. Dort nehmen Sie die Maschine direkt nach London.“ Er steckte ihm ausreichend Geld zu. „Einen alten Koffer mit Wäsche bekommen Sie auch noch, damit Sie nicht auffallen. Den Rest müssen Sie allein in die Reihe kriegen.“

„Wie kann ich Ihnen danken?“

„Ist nicht Ihr Problem. Mich haben Sie nie gesehen.“

„Klar doch“, murmelte Riley. „Trotzdem danke.“

„Nicht so voreilig.“ Der Alte kramte in der Jackentasche. „Ein gültiger Pass wäre sicher nicht schlecht.“

„Stimmt.“ Riley wurde nervös.

„Keine Panik. Vorhin war er noch da.“ Der Alte suchte weiter. „Ach, da ist er ja. Gute Reise Mr. Miller.“

Riley schaute auf das Bild. „Und das soll klappen?“

„Doch, doch. Klappt.“ Der Alte kicherte amüsiert. „Haben Sie vorhin im Ort den Touristen bemerkt?“

„Den Japaner?“

„Genau diesen. Der hat nicht den Ort, sondern Ihr Gesicht fotografiert. Wir machen den Pass noch rechtzeitig passend.“

Riley schüttelte nur noch den Kopf. Noch verrückter konnte es nicht kommen. Inzwischen hegte er die

Befürchtung, in einer kolumbianischen Klapsmühle, statt irgendwann in England zu landen.

Vier Stunden später war er an Bord einer großen Linienmaschine. Immer wieder überlegte er, ob er in Helmbrecht-Cottage anrufen solle, oder lieber nicht. Er entschied sich dafür, es nicht zu tun. Erst nach seiner Ankunft in London wollte er mit Andreas telefonieren, um sich abholen zu lassen.

Im Hause Helmbrecht/Winkler standen alle Zeichen auf Alarm. Amy hatte sich noch immer nicht gemeldet. Riley ging nicht ans Handy und die Nachfrage im Firmensitz Señor Santos' ergab nur, dass beide unabkömmlich seien.

Thomas lief durch das Haus wie ein Tiger im Käfig. „Ich fliege hin!", erklärte er schließlich.

„Lass! Du würdest nicht einmal in die Nähe von Santos' Residenz kommen", dämpfte Andreas seinen Tatendrang.

„Und wenn ihnen nun etwas zugestoßen ist?"

„Könntest du es im Augenblick auch nicht ändern."

„Ich bringe den Kerl um, wenn er Amy etwas angetan hat!" Thomas nahm seine ruhelose Wanderung wieder auf.

Zwei Wochen später klingelte das Telefon.

„Camarque!", riefen Andreas und Thomas fast gleichzeitig.

Andreas hob ab. „Ich höre!", blaffte er unwirsch.

Einen Moment später bekam er hektische Flecke im Gesicht. „Ja, natürlich, sofort. Wir fahren in den nächsten 15 Minuten los. Bis später. Pass auf dich auf."

Mit zitternden Händen steckte er das Telefon in die Ladestation zurück.

„Zieh dich an! Wir müssen nach London!"

„Um diese Zeit? Was will der Kerl?"

Andreas riss Thomas in die Arme. „Das war nicht Camarque. Wir holen Riley ab."

Einen Lidschlag später war Thomas in seiner Wohnung, um Jacke und Papiere zu holen.

„Fährst du?", fragte Andreas. „Ich habe Probleme, mein Zittern in den Griff zu kriegen."

Thomas fing geschickt den Wagenschlüssel auf. „Geht los!" Nach ein Paarhundert Metern fragte er: „Hast du es ihnen gesagt?"

„Nein. Erst will ich Riley mit eigenen Augen sehen."

„Verständlich."

Die rund zweistündige Strecke schien heute gar kein Ende nehmen zu wollen. Vater und Sohn erwischten sich immer wieder dabei, ungeduldig auf die Uhr zu starren.

„Gleich sind wir da", sagte Thomas, als ob das sein Vater nicht schon selber gemerkt hätte.

Der lächelte verständnisvoll. Er hatte den gleichen Satz auf der Zunge gehabt und mühsam hinuntergewürgt.

„Siehst du ihn schon?", fragte Thomas, als sie sich dem vereinbarten Treffpunkt näherten.

Andreas verneinte und Thomas drosselte die Geschwindigkeit.

„Da winkt einer." Andreas zeigte nach vorn.

„Sieht nicht wie Riley aus."

„Der meint uns trotzdem. Halt einfach an." Andreas betrachtete mit gemischten Gefühlen den alten Koffer jenes Mannes, welcher zielstrebig näher kam.

„Oh, mein Gott! Das ist doch Riley!" Thomas sprang aus dem Auto und rannte dem Physiker entgegen.

Andreas folgte ihm sofort.

„Bin ich froh, euch zu sehen!“, jubelte Riley.

„Wo sind Amy und Camarque?“, wollte Thomas sofort wissen.

„Nicht hier“, erwiderte Riley leise.

„Aber du hast doch von seinem Handy aus angerufen!“

„Ja, das stimmt“, gab Riley zu. „Bringt mich zu euch nach Hause. Ich will nicht alles mehrfach erzählen.“

„Geht es dir auch wirklich gut?“, fragte Andreas besorgt.

„Nein. Mir geht’s beschissen.“ Riley reichte Andreas Camarques Handy und den getürkten Pass. Dann gurtete er sich an, schloss die Augen und schlief innerhalb weniger Sekunden ein.

„Nun verstehe ich gar nichts mehr“, erklärte Andreas, nachdem er einen kurzen Blick in den Pass geworfen hatte.

Thomas zuckte mit den Schultern.

Pünktlich zum Nachmittagstee erreichten sie den Landsitz. Kara und Emilia standen zufällig vor dem Haus. Sie hatten sich gewundert, dass die Männer weder im Labor noch in den Gewächshäusern steckten und waren gerade dabei gewesen, zu John zurückzugehen.

„Aber das ist doch …“, rief Kara und beeilte sich, die Treppe hinunter zu kommen.

Riley stieg aus. Er erwiderte gern Karas herzliche Umarmung. „Stellt keine Fragen“, bat er. „Ihr werdet dann gleich alles erfahren was ich weiß.“

John erwartete ihn oben an der Treppe. „Riley, Junge, du siehst schlecht aus.“

„So fühle ich mich auch. Hast du einen Termin für mich frei?“

„Was für eine Frage! Komm rein, alles andere muss warten." John zog ihn an der Hand hinter sich her.

Eine halbe Stunde später erschienen beide am gedeckten Tisch. Die beiden Familien ließen den Heimkehrer in Ruhe seinen Kuchen und den Tee genießen.

Andreas räumte schließlich ab und gab damit den Startschuss, sich in die gemütliche Sitzecke zu begeben, um sich unterhalten und vor allem, Riley lauschen zu können.

Der begann, wie immer, bissig ironisch. „Dafür, dass ich schon tot bin, geht es mir eigentlich ganz gut. Der Schädel brummt hin und wieder, aber der Denkapparat läuft reibungslos."

„Er hat eine Schädelfraktur, die langsam heilt", warf John rasch ein.

„Dass ich noch oder wieder lebe, hab ich ausschließlich Amy zu verdanken. Sie hat zufällig den Steinhaufen entdeckt, unter dem sie mich verscharrt hatten. Sie wollte wissen wer in dem Grab liegt, hat mich halb ausgebuddelt, um sich zu verabschieden und plötzlich gemerkt, dass die Leiche lebt.

Ich soll euch ganz lieb von ihr grüßen. Santos hält sie und Camarque in der Vorzeit gefangen." Dann erzählte er fast drei Stunden lang über die Vorfälle der letzten Wochen, ohne dass ihn die anderen unterbrachen.

Emilia saß wie erstarrt. Sie merkte nicht einmal, dass John und Kara tröstend ihre Hände hielten. Thomas hatte den Kopf in die Hände gestützt. Er wollte sich lieber nicht ausmalen, was Amy dort in der Wildnis alles passieren konnte.

„Deine Amy ist die tollste Frau auf diesem ganzen Erdball", wandte sich Riley an ihn. „Ich werde alles daran setzen, sie da rauszuholen."

„Sie hat wirklich das einzig Richtige getan", stellte auch John fest. „Mit dir rechnet keiner. Und sie wird auch recht haben, dass sie dir damit vielleicht zum zweiten Mal das Leben gerettet hat."

„Das ist so sicher wie das Amen in der Kirche!", rief Riley. „Ich weiß nicht, was Amy Santos erzählt hat, als er vor zwei Tagen zum Bergwerk kam. Aber eines ist gewiss – es wird wieder absolut genial gewesen sein.

Sie steht unserer Gartenunterhaltung über den Saurier in nichts nach, obwohl sie stets behauptet hat, nicht schlagfertig genug zu sein. Ich habe sie dort auf eine Weise erlebt, wie ich sie noch nicht kannte."

„Und dieser Camarque?" Andreas schaute Riley groß an.

„Reagiert auf jeden Fingerzeig von ihr. Ohne Amy wäre er verloren. Der würde glatt verhungern. Ihr hättet ihn sehen sollen, als Amy das erste Mal eine Schlange für das Frühstück zubereitete!" Riley begann zu kichern. „Der passt ordentlich auf sie auf. Amy ist seine Lebensversicherung.

Ansonsten scheint er eine ganze arme Sau zu sein. Ich habe ja früher selten mit ihm zu tun gehabt, aber dem traue ich auch nicht zu, dass er irgendwas Großes ausbrütet."

Thomas zuckte zusammen. „Amy sprach ähnlich von ihm."

Riley winkte ab. „Sie wird schon rauskriegen, was da gelaufen ist. Ich bin ja auch neugierig, wo und wie die Sache ihren Anfang nahm.

Ansonsten will ich nur noch nach Hause und meinen neuen Zeitgenerator modifizieren, damit wir auf die Suche gehen können."

John wollte gerade widersprechen, als Thomas sagte: „Diesmal miete ich mich bei dir ein. Nicht, dass du dein wertvolles Köpfchen sinnlos aufs Spiel setzt. Einer muss ja aufpassen, dass das Leben auch da bleibt, wo es wieder ist.“

„Einstimmig angenommen“, lachte Riley, als er reihum das heftige Nicken sah.

Ein letzter Dienst

In Kolumbien, oder vielmehr dem, was eines Tages Kolumbien werden würde, versuchten Amy und Bruno, das Beste aus der Situation zu machen.

Santos tauchte zwar am nächsten Tag nicht selbst auf, ließ aber zwei Kartons Lebensmittel durch den Zeittunnel werfen. Bruno rannte schon los, als das Portal noch zu sehen war. Fatal, wenn die Kisten auf Nimmerwiedersehen verschwänden.

Amy wartete, bis er beide hereingetragen hatte, ehe sie den Inhalt sichtete. „Reicht etwa eine Woche, wenn wir sparsam sind", sagte sie zufrieden. Wir müssen nur aufpassen, dass wir keine ungebetenen Mitesser bekommen."

In einer der Kisten steckte ein kleiner Kochtopf. „Wie großzügig", lästerte Amy. „Aber da kommen mir tausend Ideen, wie wir, auch ohne sparen zu müssen, richtig satt werden."

Bisher hatte es ja nur gegrillte Schlange und Gemüse roh oder vom Grill gegeben, weil schlicht keine Kochgefäße da waren. Nun zauberte Amy täglich Suppe aus Brühwürfeln, Gemüse, Wurzeln und Eierflocken. Hin und wieder musste eine Schlange dran glauben oder eine Eidechse, die nicht schnell genug verschwunden war.

Camarque war Amy überaus dankbar. Schon die Idee allein, über Santos an Essen zu kommen, war genial. Wie sie das Wenige aber zu einem schmackhaften Mahl machte, toppte für ihn alle Superlative.

„Morgen wird er sicher wiederkommen", stellte er nach einem Blick auf den Strichkalender an der Wand fest.

„Was? Schon?", stöhnte Amy, obwohl sie das durchaus wusste. „Bin dann mal kurzzeitig psychisch labil. Also nicht wundern, wenn ich plötzlich auf körpernahe Tuchfühlung gehe."

Ich werde es genießen, schoss es Bruno durch den Kopf, während er zustimmend nickte. Wann kuschelte sich schon eine junge, so gut aussehende Frau freiwillig an einen Fünfzigjährigen?

Im Laufe des Tages rekapitulierten sie gemeinsam, was sie an sichtbaren Daten über die Mine zusammengetragen hatten. Die offen liegende Goldader war an ihrer dicksten Stelle fast 20 Zentimeter breit und mehrere Meter lang.

„Das sind Milliarden", staunte Camarque.

Amy zuckte mit den Schultern. „Außer für technische Zwecke, kann ich dem Zeug nicht viel abgewinnen."

„Wie?" Camarque schaute sie verständnislos an.

„Sehen Sie an mir irgendwo Goldschmuck?", fragte sie, amüsiert auf ihre silbernen Ohrringe deutend.

„Ich hab es für Weißgold oder Platin gehalten", gab Camarque zu, als er ihren Schmuck betrachtete. „Ich kenne mich damit nicht aus."

„Mich interessiert die Symbolik eines Schmuckstücks, nicht, woraus es gefertigt ist", verriet Amy.

„Mit Diamanten wird es wohl bei Ihnen genau so sein, vermute ich."

„Treffer. Mein Vater hätte mich liebend gern mit solchem Firlefanz überhäuft. Aber das habe ich schon als ganz kleines Mädchen unterbunden."

Amy schürte noch einmal das Feuer. „Hoffentlich geht es ihm gut."

Camarque seufzte und starrte in die Flammen. Jetzt war wohl der richtige Zeitpunkt, ihr zu erklären, welche Widrigkeit ihn in Santos' Hände gebracht hatte.

Er rückte etwas näher an Amy heran, als habe er Furcht, jemand könne lauschen, um fast flüsternd zu beginnen: „Ich weiß, dass es verabscheuungswürdig ist, was ich Ihrer Familie und den Winklers vor über 20 Jahren angetan habe. Dafür habe ich ja auch meine gerechte Strafe bekommen.

Es war an einem Samstag im Juli. Die Straße war überschwemmt, zäher Nebel lag über den Wiesen. Ich fuhr mit dem Safebehälter, der das Genmaterial Karas enthielt, zum Institut, um ihn zugriffsicher zu verwahren.

Jeder andere hätte, in meiner Situation, auch sehr genau nachgeschaut, was er transportierte. Die Markierung Minus 15.000 Jahre war der Hammer!

Ich wusste vom plötzlichen Verschwinden des deutschen Wissenschaftlers und auch von der seltsamen Rückkehr. Ich war auch informiert, dass Mr. Stephens und Ihr Vater an einem Gerät zur Zeitmanipulation forschten.

Hatten sie etwa einen Durchbruch geschafft und Kara aus der Vergangenheit geholt? Die Daten deuteten darauf hin.

Ein paar rote Lichter vor mir rissen mich aus meinen Gedanken. Offensichtlich ein anderes Fahrzeug, das gebremst hatte.

Es blieb wohl stehen, denn die Lichter erloschen. Sogar das Standlicht wurde ausgeschaltet. Ein Wahnsinn, bei diesen Sichtverhältnissen!

Ich stieg aus, in der Annahme, dass der vor mir technische Probleme habe und Hilfe brauche."

Brunos Hände begannen zu zittern, was er vergeblich
zu unterdrücken versuchte.

„Den Türgriff noch in der Hand, spürte ich plötzlich
eine Waffe an meiner Schläfe und jemand zischte:
Nicht mal mit den Augen blinzeln, sonst drücke ich ab.
Zwei andere zerrten etwas von der Straße und warfen
es in den Fluss. Am nächsten Tag stand in der Zeitung,
dass eine weibliche Leiche angespült worden sei. Man
prüfe, ob es sich um ein Gewaltverbrechen handele."

Camarque schloss die Augen.

„Was kam, als die beiden anderen vom Fluss zurück-
kehrten, war mehrfach die Hölle. Sie durchwühlten
meinen Wagen und fanden das Forschungsmaterial.
Quetscht ihn aus, aber so, dass keine sichtbaren Spuren
bleiben, lautete der Befehl von dem, der mich noch
immer mit der Waffe bedrohte. Sie verschnürten mich
mit Paketband und brachten mich irgendwohin.

Nach drei Tagen ertrug ich die stundenlangen Elekt-
roschocks nicht mehr … „

Camarque rieb sich mit beiden Händen das Gesicht.
„Mr. Stephens hat vollkommen recht, wenn er sagt, ich
sei ein Weichei. Seit jenem Tag breche ich schon bei
der Androhung von Gewalt zusammen. Was folgte, hat
Ihnen Ihre Familie sicher erzählt", fuhr Camarque fort.
„Vor ein paar Monaten stand dann dieser Santos plötzlich wieder mit seinen beiden Kumpanen vor mir … Sie
haben mich damals nicht für irgendetwas bezahlt und
auch jetzt nicht. Sie lassen mich einfach nur am
Leben", flüsterte Camarque.

„Was hatte er mit Kara vor?", fragte Amy, die die
Antwort eigentlich kannte.

Und schon entgegnete Camarque: „Ich weiß es nicht.“

„Inzwischen glaube ich sogar das zu 100 Prozent.“ Über Amys Gesicht huschte ein verlorenes Lächeln. „Wir sollten langsam schlafen gehen. Wer weiß, was uns morgen blüht.“

„Erinnern Sie mich bloß nicht daran“, murmelte der Franzose verzagt.

Santos erschien, als beide am Eingang der Mine saßen und ihren Frühstücks-Tee tranken. In Ermangelung von Trinkgefäßen nahmen sie abwechselnd einen Schluck aus dem Topf, wie sie es ja auch immer mit der Suppe tun mussten, weil es schlicht nicht anderes ging.

Der Kolumbianer grinste dreckig. „Ah, man hat sich arrangiert.“

Keiner der beiden reagierte, wie es Santos eigentlich erwartet hatte. Er kam zwei Schritte näher, aber immer so, dass er notfalls durch das Portal verschwinden konnte.

„Gesprächsbereit?“, fragte er lauernd.

Camarque nickte stumm, Amy zuckte mit den Schultern. Noch dazu so gut geschauspielert hilflos, dass Santos' Grinsen noch eine Spur breiter wurde.

„Wie Sie sehen, gibt es hier keine Arbeitskräfte mehr“, begann Santos. „Ich will, dass Sie mir eine Zeitebene öffnen, in der ich neue finden kann, meine Goldader aber noch nicht von anderen entdeckt wurde.“

Er zog den Zeitgenerator aus der Tasche. Aus der anderen gleichzeitig seinen Revolver.

„Sie wissen doch ganz genau, dass die Geräte nur in der Echtzeit fehlerfrei funktionieren!“, rief Amy anklagend.

„Ihr Problem." Santos tastete Amys Körper regelrecht mit den Augen ab. „Ich kenne noch andere Mittel als Verbannung, um jemanden die Zusammenarbeit schmackhaft zu machen. Vielleicht kann Ihnen Bruno ein Liedchen singen. Erzähl's ihr! Es gibt Körperstellen, an denen es noch besser wirkt."

„Sie mieses Schwein!", hauchte Amy.

„Morgen komme ich wieder. Dann will ich reibungslose Zusammenarbeit, sonst ..." Santos stolzierte kichernd durch das Portal.

Bruno saß wie paralysiert. Santos würde Amy foltern lassen. Er vermutete sogar, dass er in diesem Fall selbst Hand anlegen werde, um die Qualen der jungen Frau richtig zu genießen.

„Noch ist es nicht so weit", hörte er ihre Stimme an seinem Ohr. „Wir werden den Mistkerl ein bisschen ärgern."

„Der macht ernst", erklärte Bruno tonlos.

„Ich auch." Amy klopfte ihm auf die Schulter. „Los, wir legen eine Trockenübung in Zeitmaschinenprogrammierung ein!"

Camarque blieb wie gelähmt sitzen.

Amy legte ihm den Arm um die Schulter. „Bruno, ich kann Sie verstehen. Mit dem, was Sie erlebt haben, würde ich sicher auch anders reagieren. Ich möchte ebenfalls leben. Aber nicht als Santos' Gefangene."

Ihre Berührung tat ihm gut. „Okay. Vielleicht gelingt es uns sogar, das Monster loszuwerden."

Sie verschwanden in der Höhle und steckten konspirativ die Köpfe zusammen.

Riley und Thomas taten, etliche Tausend Kilometer und ein ganzes Zeitalter entfernt, genau das Gleiche.

„Gib mir mal den roten Microchip", bat Riley, ohne seinen Blick von der starken Lupe zu lösen.

Thomas hielt ihm das Bauteil mit einer Pinzette hin, die der Physiker gleich übernehmen konnte.

„Passt auch nicht zusammen", fluchte der nach wenigen Augenblicken. „Ich weiß mir langsam echt keinen Rat mehr."

„Was passt nicht?", fragte Thomas erstaunt.

„Gar nichts", brummte Riley gereizt. „Was ich auch ändere – völlig verpuffte Wirkung!"

„Verdammt noch mal, jetzt mach eine halbe Stunde Pause! Dann checken wir Punkt für Punkt den Plan noch mal ab." Thomas schlug mit der Faust auf den Tisch.

Riley hob überrascht den Kopf. Je nervöser er wurde, umso unerbittlicher wurde Thomas.

„Zu Befehl", grinste er schließlich, trollte sich tatsächlich, und noch dazu, direkt ins Bett.

Thomas schloss die Labortür ab, steckte den Schlüssel ein, um Riley auf diese Art zur Ruhe zu zwingen. Der geringste Fehler beim Umbau des Gerätes konnte tödliche Folgen für Amy haben.

Amy brachte zur gleichen Zeit Bruno bei, Energie und zu transportierende Masse in einer schnellen Überschlagsrechnung für Wurmlöcher abzugleichen. „Plus/ Minus fünf Kilogramm sind kein Problem", tröstete sie ihn, als er die ersten Berechnungen in den Sand setzte.

„Das sind Formeln, die habe ich nie begriffen", stöhnte er.

„Und das ist gut so. Sonst hätten wir heute sicher schlimmere Probleme."

Bruno seufzte und zeichnete mit einem Stock einen anderen Rechenweg in den Sand.

„So geht's auch", schmunzelte Amy. „Um drei Ecken, aber jetzt stimmt das Ergebnis."

Santos' Auftritt am nächsten Morgen wäre bühnenreif gewesen. Er kam energischen Schrittes auf die Grotte zu, um sich vor den beiden aufzubauen.

Amy biss sich auf die Zunge, um nicht lauthals loszulachen. Bruno erstarrte hingegen regelrecht.

Santos hielt Amy die Zeitmaschine entgegen. „Sie haben ganze 20 Minuten für den ersten Versuch." Mit der anderen Hand richtete er seinen Revolver auf sie.

Eines hatte Amy Bruno nicht verraten, wie man einen bestehenden Zeittunnel komplett ausschalten konnte, wenn man ein zweites Gerät entsprechend polte.

Also wurde nicht nur Santos leichenblass, als sich das Portal in Luft auflöste.

„Was soll das?", brüllte Santos.

Amy hob nicht einmal den Kopf. „Es war doch Ihr eigener Wunsch und Wille, also regen Sie sich jetzt nicht künstlich auf. Und vor allem, machen Sie mich nicht nervös, sonst sitzen wir hier auf ewig fest."

Santos verkniff sich jede Erwiderung. Jetzt war er Miss Helmbrechts Können ausgeliefert. Er ahnte noch immer nicht, dass hier ein abgekartetes Spiel lief, dessen Kontrolle er soeben verloren hatte.

Amy drückte gerade die Starttaste, ein Strudel riss alle drei in eine andere Zeitebene.

Sie standen plötzlich inmitten einer Trockenzone, vom Gebirge keine Spur. Die Sonne brannte unbarmherzig hernieder.

„Zu weit", murmelte sie und es klang nicht unzufrieden. „Ach Señor Santos, womit messen Sie eigentlich die 20 Minuten ab?"

„Schwatzen Sie nicht! Bringen Sie uns hier weg!"

Dass du nun Angst hast, geschieht dir recht, du Ratte, dachte Bruno. Er drückte Amy die Daumen, für alles, was sie wohl vorhaben mochte.

Amy pirschte sich in 1000-Jahr Schritten vorwärts. Bruno bemerkte, wie Santos immer nervöser wurde. Das war nicht gut. Drehte er durch, wäre er gar imstande, Amy zu erschießen.

Er kam nicht einmal mehr dazu, Amy zu warnen. Santos schlug sie plötzlich mit dem Griff seiner Pistole nieder, der Zeitgenerator fiel zu Boden. In einem Lichtblitz riss es alle in das nächste Tor.

„Was ist das denn?" Santos schaute wild um sich.

„Campanium, ein Teil der Kreidezeit," antwortete Camarque und versuchte, Amy zu helfen, die völlig benommen auf dem Boden kniete.

Der niedrige Sauerstoffgehalt der Luft war nicht dazu angetan, sie schnell wieder auf die Beine zu bringen.

Die Stelle, wo sie der Hieb getroffen hatte, brannte wie Feuer. Nur keine Tränen, dachte sie und biss die Zähne zusammen. Bruno legte ihren Arm um seinen Nacken und zog sie auf die Füße. Es dauerte ein paar Sekunden, bis er sie loslassen konnte.

„Danke es geht wieder", murmelte sie.

„Ach, wie rührend", ätzte Santos. „Das war es für euch. Ich verschwinde nach Hause. Viel Spaß in der Kreidezeit." Santos manipulierte den Zeitgenerator. Nichts passierte. Also beugte er sich erneut über das Gerät. Wieder keine Reaktion.

Mit einem widerlichen Grinsen hielt er Camarque die Pistole an den Kopf. „Stell die Zeit ein, aber ein bisschen plötzlich."

Amy war noch immer wie erstarrt und wagte kaum zu atmen. Der Franzose sandte ihr einen eigentümlichen

Blick zu. Sie las eine Mischung aus Resignation, Wehmut und die Bitte um Vergebung heraus.

Ihre Gedanken überschlugen sich. Wie sollte Thomas erfahren, wo sie gefangen waren? Und wenn er es erführe, gäbe es wirklich eine Möglichkeit, um sie hier herauszuholen?

Bruno Camarque justierte inzwischen das Gerät, checkte noch einmal alle Einstellungen, atmete tief durch. „Bereit.“

„Her damit!“, forderte Santos. Um seine Worte zu unterstreichen fuchtelte er mit der Waffe.

In diesem Augenblick drückte Camarque den Startknopf. „Fang!“, schrie er Amy an und warf ihr die Zeitmaschine zu.

Das Letzte, was Amy sah, bevor sich der Zeitenstrudel fertig aufgebaut hatte, war, wie Bruno Camarque in den Kopf getroffen tot zusammenbrach. Dann wurde sie ohnmächtig.

Glückliche Heimkehr

„Miss! Miss! Können Sie mich verstehen?"

„Ja … ja, ich verstehe Sie." Amy stemmte sich hoch. Fremde Menschen schauten sie in einer Mischung aus Neugier und Furcht an. „Wo … wo bin ich?"

„In Stonehenge." Einer der Männer deutete hinter sie, wo ein Monolith des äußeren Steinkreises zum Greifen nah war.

Amy nestelte eine Visitenkarte hervor. „Rufen Sie bitte diese Nummer an und sagen Sie, Amy Helmbrecht sei hier." Sie schloss die Augen und sackte wieder zusammen.

Einer rief im Institut an. Ein anderer deckte sie mit einer Jacke zu, um sie warm zu halten. Thomas und John waren noch nie so schnell in Stonehenge gewesen wie an jenem Tag.

„Amy!" Thomas ging neben ihr auf die Knie, streichelte ihr Haar, küsste zärtlich ihre Stirn. „Meine Amy!"

John klopfte ihm auf die Schulter. „Sie kann dich nicht hören." Dann legte er ihr eine Infusionskanüle, um den zusammengebrochenen Kreislauf wieder auf Touren zu bekommen.

Thomas befragte die unfreiwilligen Zeugen des Zeitsprunges. Alle erklärten übereinstimmend, es habe einen Lichtblitz gegeben und dann die junge Frau an genau jener Stelle gelegen, wo sie gerade notfallbehandelt wurde. Man habe sie vorher auch nicht in der Nähe der Steinkreise gesehen.

Es dauerte eine halbe Ewigkeit, bis Amy endlich wieder die Augen öffnete. „Thomas! Daddy!“, jubelte sie, ihnen die Arme entgegenstreckend.

Thomas war sofort bei ihr. „Du hast mir so wahnsinnig gefehlt.“

„Wo stecken Camarque und Santos?“, fragte John.

Amy versuchte, sich zu erinnern. „Irgendwo in der Kreidezeit, glaube ich.“

Thomas begann zu lachen. „Was wollen sie denn dort?“

„Weiß nicht.“ Amy zog die Augenbrauen zusammen und schaute sich suchend um. Hinter einem großen Grasbüschel schaute ein schwarzer Gegenstand in der Größe eines Siebn-Zoll-Tablets hervor.

„Da! Oh, mein Gott! Jetzt weiß ich es wieder. Bruno Camarque ist tot. Santos hat ihn regelrecht hingerichtet, weil er mir den aktivierten Generator zugeworfen hat, damit ich zurückkehren konnte.“

Thomas holte das Gerät herbei. Er checkte die Einstellungen. Die Größe des Tunnels und die eingesetzte Energie waren exakt auf eine einzige Person berechnet. „Dann wird dieser Santos wohl auch nicht mehr lange zu leben haben. Wenn er schlau ist, schießt er sich die letzte Kugel selber zwischen die Augen.“

„Besser wäre es, denn wir werden nicht nach ihm suchen“, erklärte John.

Thomas trug Amy zum Auto, half John, seine Utensilien einzusammeln, und steuerte mit einem behaglichen Lächeln heimatliche Gefilde an.

Emilia, Kara und Andreas bereiteten Amy einen jubelnden Empfang. Allen voran eilte aber Riley, um sie im 21. Jahrhundert zurück, herzlich willkommen zu heißen.

Thomas brachte Amy ins Haus, wo er sie vorsichtig auf das große Sofa in der Sitzecke bettete. Sie stöhnte auf, als ihr Kopf ein Kissen berührte.

„Blut!" Riley deutete auf einen dunklen Fleck.

„Nicht so schlimm", wiegelte Amy ab. „Er hat mir eins mit der Pistole übergezogen, als ich ihn zu lange hingehalten habe."

„Was anderes kann der Dreckskerl nicht", grollte Riley. „Aber glücklicherweise ist er selbst dazu zu dämlich."

Amy nickte und berichtete ausführlich, was seit Rileys geglückter Flucht geschehen war. Auch Brunos Schicksal sparte sie nicht aus. „Es tut mir aufrichtig leid um ihn. Er war kein schlechter Mensch."

„Möglich", murmelte Kara. „Ich weine ihm trotzdem keine Träne nach."

„Auch das kann ich verstehen", erwiderte Amy lächelnd. Sie legte Thomas' Hand an ihre Wange. „Du hättest diesem Santos mit zwei Handgriffen die Pistole abgenommen und gleichzeitig den Hals umgedreht, könnte ich mir vorstellen."

Thomas küsste Amy zärtlich. „Ist vielleicht ganz gut, dass es das Schicksal anders beschlossen hatte. Als Mörder lebt es sich bestimmt nicht angenehm."

„Und was bin ich?", fragte Amy leise. „Ich habe, genau genommen, zwei Menschen auf dem Gewissen."

„Völliger Unsinn. Den Ersten hat Santos umgebracht und der Zweite war kein Mensch", stellte Riley richtig.

„Sehe ich auch so", erklärte Andreas. „Hätte er dich nicht niedergeschlagen, dann wäre er auch nicht in der Kreidezeit gelandet. Außerdem hat er zu diesem Zeitpunkt noch gelebt. Wenn er jetzt dort vom erstbesten Saurier vernascht wird, ist es ganz allein sein Problem."

„Und dem gönne ich es, wenn der Saurier an den Füßen anfängt und sich in kleinen Happen hocharbeitet", verkündete Riley, sich genüsslich die Hände reibend.

„Ha, da sind wir schon zwei!" Emilia drückte Rileys Hand.

„Apropos Happen", sagte sie dann. „Ich bestelle jetzt den Partyservice. Amys Rückkehr muss gefeiert werden und ich habe weder Lust noch Nerven, mich in die Küche zu stellen."

„Aber ohne Schlangenfleisch", rief Amy, „Das hängt mir, länger als je eine Schlange werden kann, aus dem Hals."

Die Männer brachen in schallendes Gelächter aus.

Riley lebte, nun, wo Amy wieder da war, sichtbar auf. Unterschwellig hatten ihn immer wieder Schuldgefühle geplagt, weil er sie bei Santos zurücklassen musste. Er hoffte inständig, dass sie sich nun rasch von den vielen Strapazen erholen werde. Zumal ihr Thomas jeden Wunsch an den Augen ablas.

Es bereitete ihm nur Sorge, wie sie immer wieder das Gesicht verzog, wenn sie etwas schneller den Kopf bewegte. Fast so wie er, als sie ihn mit Schädelbruch und schwerer Gehirnerschütterung aus dem Steinhaufen gepult hatte.

Vorsichtshalber sprach er John und Thomas darauf an. Beide versprachen, sehr genau auf die Anzeichen zu achten und notfalls Amy ein paar Tage Bettruhe zu verordnen. Der Adrenalinausstoß der plötzlichen Heimkehr schien ihr vorerst die Schmerzen zu nehmen und sie regelrecht aufzuputschen.

Riley fühlte sich durch Amys Anwesenheit fast schon euphorisch. So fragte er im Laufe des Abends in die

Runde: „Na, wie sehen die Pläne für die nächsten Tage aus?“

„Das kann ich dir ganz genau sagen!“, rief Thomas. „Ich werde Amy heiraten.“ Da lag er auch schon vor ihr auf den Knien. „Willst du meine Frau werden?“

„Nichts lieber als das“, lachte Amy. „Bei uns Helmbrechts gehört es seit neuerem nämlich zum guten Ton, dass man vor der Geburt des ersten Kindes den Bund der Ehe schließt.“

„Wie jetzt?“, murmelte Thomas und auch die anderen rissen die Augen auf.

Amy nahm seine Hand, legte sie auf ihren Bauch, unterhalb des Gürtels. „Auch, wenn du es noch nicht spüren kannst – es ist da und möchte groß und stark werden.“

Riley grinste breit, worauf ihm Amy scherzhaft die Zunge herausstreckte. „War ja fast zu erwarten gewesen, dass du beim Xaron 4000 mitgerechnet hast.“

Andreas schmunzelte wegen dieser Tatsache.

Kara schnellte buchstäblich aus ihrem Sessel. „Ha! Ich werde Oma. Wieder ein Grund mehr, noch ein paar Monate länger zu leben. Heh, John, wir beide müssen fit bleiben! Sind wir über den Hund gekommen, dann kommen wir auch noch über den Schwanz!“

Emilia lachte herzlich, wie jedes Mal, wenn sich Kara und John gegenseitig anfeuerten, um wieder ein neues Ziel zu erreichen.

„Riley wird Pate!“, rief Amy sofort.

„Na, aber gern doch“, freute sich dieser. „Onkel Riley klingt doch richtig gut. Wenn ich schon keine eigenen Kinder verwöhnen kann, dann tu ich es voller Freude mit eurem Nachwuchs.“

Thomas klopfte ihm auf die Schulter. „Vorher will ich dich aber noch als Trauzeugen haben."

„Jawohl! Bin zu jeder Schandtat bereit!" Riley strahlte über das ganze Gesicht. „Für euch könnte ich sogar das Blumenmädchen mimen."

„Aber mit weißem Kleidchen und Lackschuhen", grinste Andreas.

„Bring die beiden nicht erst auf solche Gedanken", kicherte der Physiker. „Amy pflegt, ihre Vorhaben nämlich in die Tat umzusetzen."

Amy lachte. „Stimmt. Dann grabe ich sogar Scheintote aus und belebe sie wieder."

„Siehst du, genau deswegen wäre das Kleidchen für mich kein wirkliches Problem", schmunzelte Riley. „Wenn du es verlangst, ziehe ich es an.

Da fällt mir aber noch was ein. Wenn ich eines Tages wirklich den kalten Abgang mache, bist du meine Universalerbin. Hab vor wenigen Stunden mein Testament geändert."

Amy hob erschreckt den Kopf. „Dann sieh gefälligst zu, dass du steinalt wirst! Ich kann dir schließlich nicht immer den Arsch retten."

„Oh, oh, Amy hat sich seit dem Ausflug nach Kolumbien in der Tat sehr verändert", schmunzelte John. „Spricht so eine Dame?"

„Lass du dich mal ein paar Tage mit Riley einsperren!", kicherte Amy.

Der Physiker grinste harmlos. Amy streichelte blinzelnd seine Schulter.

Am Ende eines langen Abends freute sich Thomas nur noch unbändig darauf, Amy endlich wieder eine ganze Nacht lang im Arm halten zu können. Besonders jetzt, wo er wusste, dass sie wirklich schwanger war.

„Du hast es nicht zugegeben, weil du ahntest, dass wir dir so den Flug verboten hätten“, raunte er ihr auf dem Weg ins Bad ins Ohr.

„Stimmt“, flüsterte sie zurück. „Aber dann wäre alles anders gekommen und Riley jetzt sicher tot.“

„Auch wahr“, gab Thomas gerne zu.

„Kommst du nicht mit unter die Dusche?“, fragte Amy erstaunt, als er keine Anstalten machte, sich auszuziehen.

„Ich habe Angst, dass du noch einmal umkippst“, verriet er. „Dann möchte ich nicht gerade im Adamskostüm herumspringen.“

„Komm mit, bitte, bitte.“

Dem Augenaufschlag hatte Thomas nichts entgegenzusetzen. In der nächsten Sekunde war er aus seiner Kleidung und mit in der Kabine. „Das ist unfair“, beschwerte er sich scherzhaft, während er es mit allen Sinnen genoss, wie sie sich an ihn schmiegte.

„Wie sind wir eigentlich ins Bett gekommen?“, wollte Amy am nächsten Morgen wissen.

„Keine Ahnung. Solch einen Rauschzustand, ohne die Einwirkung von Alkohol, hatte ich noch nie“, schmunzelte Thomas und schloss einfach wieder die Augen.

Er hatte weder den Wecker gestellt, noch sich überhaupt einen Kopf gemacht, dass es mitten in der Woche und damit ein Arbeitstag war.

Andreas erwartete ihn aber auch nicht ernsthaft an diesem Tag im Labor. Dafür revanchierte sich jetzt Riley, für alles, auf die ihm eigene Weise. Er übernahm für die nächsten vier Wochen diverse Aufgaben im Institut, die sonst Amys Sache gewesen wären.

Die hatte Andreas kurzerhand für einen Monat in den Sonderurlaub geschickt, damit sie sich von den Strapazen erholen konnte.

Emilia brachte den beiden das Frühstück ans Bett, als sie nach einer Stunde noch immer nicht am Tisch erschienen. „Es sind Hühnereier", witzelte sie. „Schlange gab es gerade nicht."

„Danke, Mum. Ich bringe das Geschirr dann rüber." Amy verzog das Gesicht, als sie sich aufsetzen wollte. „Fühlt sich nach Gehirnerschütterung an."

„Dann wird es wohl auch eine sein", mutmaßte Thomas. „Du bleibst ganz einfach im Bett und ich kümmere mich um alles. Ganz oben auf der Liste steht die Hochzeit."

„Oh, dafür bleibe ich wirklich ganz brav liegen." Amy kuschelte sich nach dem Essen wieder in die Kissen.

Thomas eilte ins Labor, um sich für das Zuspätkommen zu entschuldigen. Andreas ließ ihn gar nicht erst herein.

„Bleib du heute lieber bei deinem Schatz. Jetzt hat sie wochenlang anderen Mut gemacht. Da wäre es doch nur recht und billig, wenn sie endlich wieder das Gefühl bekommt, dass es auch noch starke Männer gibt."

„Es ist mir ein Rätsel, wie sie diesen Albtraum wegsteckt", sinnierte Thomas.

„Ach, da wird es viele Dinge geben. Zuerst wird es euer Baby sein, für das sie stark sein muss. Und hast du ihr Gesicht gesehen, als sie Riley gewahrte?

Da wurde Hoffnung zur Gewissheit und ganze Sorgenberge fielen ab. Sie wusste doch nicht, dass er es wirklich bis nach Hause geschafft hat. Aber was stehst du eigentlich noch hier herum? Ab, zu deiner Süßen!"

„Bin schon weg!" Thomas verschwand wie der Blitz. Genau so schnell trommelte er John, Emilia und seine Mutter zusammen, um mit ihnen die Hochzeit zu planen.

Kara schob zwischendurch eine Ente in die Röhre, weil sie wusste, wie gern Amy die knusprige Haut aß. Auch den Apfel, mit dem der Vogel gefüllt war, hatte sie sich schon als ganz kleines Mädchen immer mit Thomas geteilt. Der Duft zog durch das ganze Haus und weckte Amy schließlich.

„Hmm, ist denn heute schon Weihnachten?", murmelte sie, wie ein Hund der Duftspur folgend.

Kara musste lachen, als Amy schließlich in Nachthemd und Morgenmantel vor ihrer Tür stand. „Komm rein. Es dauert noch ein paar Minuten."

Amy kuschelte sich in die Sofaecke. Kara brachte ihr eine flauschige Decke. Thomas kam eine Viertelstunde später. Er hatte Amy schon überall verzweifelt gesucht.

Jetzt fiel ihm ein Stein vom Herzen. Er brachte ihr das Mittagessen auf einem Tablett und packte obendrein den ganzen Apfel und die knusprige Haut seines Entenstückes dazu.

Dafür bekam er von Amy einen Kloß, den sie nun wirklich nicht mehr schaffte.

Amy schlief nach dem Essen an Ort und Stelle ein.

„Sie ist wirklich völlig fertig", konstatierte Andreas. „Lass sie nur gleich hier. Mutter gibt dir Bescheid, wenn sie aufwacht."

„Ich mache mir halt Sorgen." Thomas streichelte Amys Wange. Weil er sich weder wirklich losreißen wollte, noch konnte, setzte er sich auf den Sessel neben sie und döste im Halbschlaf vor sich hin.

Kara steckte hin und wieder den Kopf zur Tür herein und verschwand milde lächelnd wieder. Andreas kümmerte sich stets genau so liebevoll um sie.

Umso mehr freute sie sich, dass ihr Sohn ganz nach dem Papa geraten war. Thomas hatte in den letzten Wochen unter der Ungewissheit gelitten, wie ein geprügelter Hund. Kein Wunder, dass er nun Amy nicht mehr von der Seite wich.

Zwei Stunden später öffnete Amy vorsichtig die Augen. Das Erste, was sie sah, war Thomas' lächelndes Gesicht. „Ich hatte schon die Befürchtung, noch in der Mine zu sein und alles nur geträumt zu haben“, erklärte sie erleichtert.

„Dafür hab ich verdammten Müll geträumt“, stöhnte Thomas. „Dich hatten sie in dem Steinhaufen verscharrt und mir von hinten eins mit einem Felsbrocken drübergezogen. Camarque hat Riley erschossen und Santos ist entkommen.“

„Na, das ist ja wirklich die verschärfte Variante“, murmelte Amy. „So hätte es im allerschlimmsten Fall tatsächlich enden können. Nämlich genau dann, wenn du gekommen wärst, um mich zu suchen.“

„Scheiß Zeitmaschine“, stöhnte Thomas.

„Genau deshalb werden wir diese Geräte auch vernichten und sämtliche Aufzeichnungen mit“, sagte Andreas, der beim Hereinkommen die letzten Worte noch gehört hatte.

„Und was passiert, wenn sich unser Gartenportal wieder öffnet?“

„Damit müssen wir leben, wie vorher auch. Wir gehen ihm aus dem Weg, verlassen und betreten das Haus durch die Hintertür, bis es sich freiwillig wieder schließt. Es ist ja nie länger als ein paar Stunden erschienen.

Ob es den Mähroboter frisst, ist völlig egal. Dann kaufen wir uns einfach einen neuen.“

„Was für Schäden haben die letzten Monate in den realen Welt hinterlassen?“, wollte Amy wissen.

„Das werden wir wohl nie erfahren“, erwiderte Andreas. „Bei uns zumindest kaum sichtbare, in Kolumbien interessiert es keinen. Solche Leute wie Santos gehen eh über Leichen.“

„Also hat sich der ganze Ärger unter dem Strich wenigstens finanziell gelohnt“, freute sich Amy.

„Ach herrje! Finanzmieze, du hast Urlaub!“

Endlich Ruhe und Frieden

Amy schmunzelte so breit, dass fast die Ohren Besuch vom Mund bekamen. „Ich meine doch Thomas' ganz privaten Anteil."

Andreas begann herzhaft zu lachen. „Dass es sich insofern gelohnt hat, kannst du aber annehmen!"

Thomas lachte ebenfalls: „Dafür kann ich dir sogar was zum Anziehen kaufen, damit du nicht den ganzen Tag im Nachthemd herumlaufen musst. Und unser Krümelchen bekommt einen Spielkameraden mit Bewacherinstinkt."

Amy machte große Augen, streichelte über ihren Bauch. „Wie meinst du das?"

„Wir adoptieren ein Hundebaby", blinzelte Thomas. „Wolltest du nicht eine Deutsche Dogge haben?"

Auf Amys Jubelschrei liefen alle zusammen, in der Annahme es sei ein Unglück geschehen. Riley rieb sich vergnügt die Hände und recherchierte schon vorsorglich, wo man einen zuverlässigen Züchter mit hervorragenden Tieren finden konnte.

Überhaupt lief er nun zur Höchstform auf. Mit Hinsicht auf die bevorstehende Hochzeit stand er ständig unter Volldampf. Kara vermutete wohl nicht ganz zu Unrecht, dass er eine große Überraschung plane.

Denn schon drei Wochen nach ihrer Heimkehr führte Thomas Amy in einem Traum aus schneeweißer Spitze zum Traualtar. Die Großeltern aus München kamen, alle Kollegen aus dem Hauptsitz des Institutes, die Sportkameraden und die Bewohner der kleinen Gemeinde bildeten Spalier.

„Das ist ja fast wie bei uns auf der Wies'n", staunte Roland Winkler, als in einem Riesenzelt ein wahres Volksfest stattfand."

Kara strahlte über das ganze Gesicht, wie bei ihrer eigenen Hochzeit. Thomas und Amy sah man auf den ersten Blick an, wie glücklich sie waren. Was konnte sie sich mehr wünschen? Andreas zwinkerte ihr lustig zu.

Riley ließ um Mitternacht ein Feuerwerk steigen, wie es die Insel wohl noch nicht gesehen hatte. Es war ihm gelungen, die weltweit besten Feuerwerker zu buchen, um Amy ein unvergessliches Erlebnis schenken zu können.

Von Reportern dazu befragt, erklärte er: „Mrs. Winkler hat mich kürzlich in einem Bergwerksstollen mit bloßen Händen unter Felstrümmern ausgegraben und wiederbelebt. Dafür müsste ich eigentlich tagelang den Himmel illuminieren!"

Amy geistesgegenwärtig: „Fossilienausgrabungen in Höhlen sind niemals ungefährlich. Da kommt es manchmal vor, dass Decken einbrechen und Wände abrutschen. Ich bin froh, dass ich zufällig zur rechten Zeit an Ort und Stelle war."

„Sag noch ein Mal, du seist nicht schlagfertig genug!", amüsierte sich Thomas, während Riley zustimmend den Zeigefinger hob.

Amy blinzelte verschwörerisch. „In der Not frisst der Teufel Fliegen und der Mensch wächst über sich hinaus."

„Eindeutig. Denn wenn es wirklich richtig haarig kommt, bist du einsame Spitze beim Improvisieren!", waren sich alle einig. Worauf Amy mit einem herzlichen Lachen antwortete.

Die größte Hochzeitsüberraschung erwartete die jungen Winklers im Haus. John und Emilia hatten eine Umzugsfirma beauftragt, in der Nacht klammheimlich, die beiden Wohnungen zu tauschen.

John hatte rechtzeitig exakte dreidimensionale Pläne der Räume und Möbel zur Verfügung gestellt. Die angeforderten 30 Mann arbeiteten in knapp einer Stunde ihr Pensum ab, ohne, dass es die Feiernden im Zelt merkten.

So stand das frischvermählte Ehepaar plötzlich vor fremden Möbeln, die ihnen trotzdem seltsam bekannt vorkamen.

Die Helmbrechts lauerten an der Treppe und brachen wegen der erschreckten Gesichter in schallendes Gelächter aus. Natürlich klärten sie schnell das Verwirrspiel auf. „Ihr braucht die große Wohnung dringender als wir", schmunzelte John. „Auch sind wir alte Leute und recht froh, wenn wir jetzt weder Treppen steigen, noch so viel putzen müssen."

Oben, im ersten Stock, war alles perfekt eingeräumt, als hätten die vielen Dinge nie an einem anderen Platz gestanden. Nur, dass das Schlafzimmer für diese Nacht plötzlich noch mit Herzchenluftballons und Girlanden dekoriert war. Dankbar nahmen die beiden ihr neues Domizil in Besitz.

Thomas blinzelte. „So, jetzt werde ich mein allerschönstes Geschenk auspacken." Genüsslich streifte er Amy das Brautkleid von den Schultern. „Mal schauen, ob es mir gelingt, diese Nacht der Nächte zu einem Geschenk für dich zu machen."

Amy kuschelte sich selig lächelnd in seine Arme. „Ganz sicher, denn mit dir ist jede Nacht die Nacht der Nächte." Sie sollte sich auch nicht geirrt haben.

Verwandte und Freunde mussten am nächsten Morgen ziemlich lange auf das Frühstück warten. Denn die beiden begannen ungerührt den Tag so, wie die Nacht geendet hatte. Thomas lächelte breit in die Runde, als er seinen Schatz am Arm in den großen Konferenzraum führte, wo das Frühstücksbuffet aufgebaut war. Die Besserinformierten schmunzelten.

Nach der Abreise der Gäste zog langsam Ruhe in Helmbrecht-Cottage ein. Die Arbeiten im Institut liefen nach Plan und endlich ohne Störungen weiter. Riley stattete sein Labor mit der besten Technik aus und die alt bewährte Zusammenarbeit lief mit neuen Forschungen reibungslos an.

Amy nutzte das Wissen, welches sie in der Vorzeit gesammelt hatte und führte neue Analysen an den Pflanzen in den Gewächshäusern durch.

Rund sechs Monate später brachte sie einen gesunden Jungen zur Welt. Die Welt der Helmbrechts und Winklers strahlte buchstäblich himmelblau.

Patenonkel Riley wäre arg beleidigt gewesen, hätte er nicht die komplette Kinderzimmerausstattung finanzieren dürfen. Dazu gehörte ganz nebenbei schon ein großer Hundekorb mit allem, was das Herz begehrte.

Denn Papa Thomas hielt sein Versprechen. Kaum konnte der Kleine krabbeln, bekam er den versprochenen Spielkameraden, der mit ihm zusammen aufwachsen konnte.

Butch, die nachtschwarzen Dogge, und Jason Winkler wurden unzertrennliche Partner. Hatte Oma Kara Jason auf dem Arm, so legte ihr Butch von der anderen Seite den Kopf auf den Schoß. Natürlich wurde er umgehend und ausgiebig gekrault.

Dabei hielt die Dogge mit wahrer Engelsgeduld still, wenn Jason mit seinen kleinen Fingern etwas fester zupackte. Selbst, wenn es die lange Rute betraf, an der sich der Kleine mit Vorliebe hochzuziehen schien.

Butch apportierte Spielzeug, trug aber auch ein paar Mal Jason am Hosenbund zu seiner Mama, wenn der heimlich ausbüxen wollte. Sehr zur Freude der Großeltern, die dem quirligen Bürschlein kaum folgen konnten, obwohl es auf allen Vieren krabbelte.

Laufen lernte Jason auch nicht, indem er sich an einer Hand, sondern am Hund festhielt. Fiel er dabei hin und weinte, war sofort sein vierbeiniger Freund zur Stelle, um ihn zu trösten.

Amy gab es auch recht schnell auf, ihren Sohn zum Mittagsschlaf ins Bett bringen zu wollen. Der krabbelte sowieso heraus und kuschelte sich lieber im Hundekorb an Butch. „Nichts zu machen“, schmunzelte sie schulterzuckend.

Thomas winkte ab. „Solange er den Großen nicht mit ins Bett nimmt …“ Das war wohl auch der einzige Ort, an den Jason den Großen nicht mitnahm.

„Wenn es so weitergeht, dann bellt Jason irgendwann“, witzelte Riley.

Kara schmunzelte. „Das haben von Thomas auch einst alle erwartet. Wie der Vater so der Sohn. Bei meiner alten Sippe wäre das, wie sich der Kleine mit dem Hund versteht, ganz großer Zauber gewesen.“

Butch machte dazu mit einem fröhlichen Schwanzwedeln „Wuff“, als wolle er es bestätigen.

Opa John starb, als der Kleine gerade seine ersten sicheren Schritte machte. Seinem Wunsch entsprechend, wurde die Urne neben dem Blockhaus im Garten beigesetzt, welches im Laufe der Jahre immer mehr verfiel, und fast vollständig von einem Wildrosenbusch überwuchert wurde.

Andreas und Thomas umgaben das Areal mit einem schmiedeeisernen Zaun, der sowohl Schmuck- als auch Sicherungsfunktion hatte.

Karas Zeit lief zwei Jahre später ab. Im Kreis ihrer Lieben, zu denen auch Emilia und Riley gehörten, schloss sie mit einem Lächeln die Augen. Für Andreas brach eine Welt zusammen. Schweren Herzens erfüllte er ihren Wunsch, indem er und Thomas ihre Asche ins Meer streuten.

Riley, seit seiner Rettung noch öfter in Helmbrecht-Cottage zu finden als früher, kümmerte sich seit Johns Tod liebevoll um die fast gleichaltrige Emilia. Es war vorauszusehen, als sie eines Tages aus dem Urlaub kamen und verkündeten: „Wir haben geheiratet."

Andreas blieb bis an sein Lebensende allein. „Karas Geist ist noch immer hier", pflegte er stets zu sagen.

Ende